罗庸西南联大授课录

罗庸 讲述 郑临川 记录 徐希平 整理

北京出版集团公司
北京出版社

图书在版编目（CIP）数据

罗庸西南联大授课录 / 罗庸讲述；郑临川记录；徐希平整理. — 北京：北京出版社，2014.9
（西南联大讲堂）
ISBN 978-7-200-10789-0

Ⅰ. ①罗… Ⅱ. ①罗… ②郑… ③徐… Ⅲ. ①中国文学—文学史 Ⅳ. ①I209

中国版本图书馆 CIP 数据核字（2014）第 130946 号

·西南联大讲堂·

罗庸西南联大授课录

LUO YONG XINAN LIANDA SHOUKE LU

罗 庸 讲述 郑临川 记录 徐希平 整理

*

北京出版集团公司
北 京 出 版 社 出版
（北京北三环中路 6 号）
邮政编码：100120

网 址：www.bph.com.cn
北京出版集团公司总发行
新 华 书 店 经 销
三河市同力彩印有限公司印刷

*

880 毫米×1230 毫米 32 开本 8.375 印张 133 千字
2014 年 9 月第 1 版 2024 年 3 月第 2 次印刷

ISBN 978-7-200-10789-0
定价：50.00 元
质量监督电话：010-58572393

罗庸先生唐代文学史研究述略

徐希平

罗庸先生讲稿，临川师精心珍藏半个多世纪，1999年，蒙临川师应允，笔者校订并油印少许，作为研究生参考资料，深感受益匪浅。2002年，受临川师重托，将罗庸与闻一多先生西南联大授课记录稿重新校订，合编成《笳吹弦诵传薪录》，由上海古籍出版社出版。在学界产生较大反响。转瞬十年过去，其书已不多见，此次北京出版社列入《西南联大讲堂》出版，十分可喜，必将沾溉后学，为促进学术提供有益的启迪。现仅就罗庸先生有关唐代文学史论述部分之基本要旨及其特点略陈管见，以见其学术价值和意义之一斑。不当之处，还望专家学者不吝赐教。

罗庸先生有关唐代文学史的研究论述中突出地表现出以下几个方面的基本特点：

一、彰往察来，推动文艺繁荣与学术进步，是中国文学史和唐代文学史研究的首要任务

罗庸先生到北大任教之前，曾长期从事诸子、佛学、

儒学的教学研究，历经认识上的苦闷曲折，而后受梁漱溟笃行学说之影响，“深切感到儒学要在力行亲证，决不许你徒腾口说”[①]；“儒学是求仁得仁之学，要在力行，才有入处，大家如能在躬行日用上改过迁善，反己立诚，以体验所得，反求之《论语》那便是终身受用不尽”[②]。由此形成罗庸先生为人严谨务实、反对虚空浮华的基本态度，并直接影响其唐诗研究。

1932 年后，罗庸先生到北大任教，开始研究和讲授诗词与文学史课程。经过近十年的潜心研治，认识不断深化，在结束魏晋南北朝文学的介绍，转入唐代文学史分期研究之前，罗庸先生特地在叙说中开宗明义，提出首要重大问题，何以要研究文学史？然后旗帜鲜明地反复阐明其主张和观点：

“吾人之目的，在求新文学史之出现，推动学术之进步。”

“研究历史如仅知道既往及遗产，则无多意义。夫历史之重要任务，在彰往察来，如中国近代文学成立近三十年，诗与戏剧不能树立固定作风，欲知其前途，则不能不彰往以察来，此历史家之责任也。”

罗庸先生关于文学史研究的目的和意义的这一认识，在今天已不算新论，当代学者类似之论不乏精辟之见。

罗庸先生观点之可贵，并不限于其本身的深刻内涵，还有着更广泛的积极意义。这主要表现为：其一，罗先生立论时的20世纪30年代，正值现代概念上的文学史研究起步不久，探索草创，体例混乱，有关文学史研究目的与意义的认识也较模糊，各执其说，莫衷一是，故罗庸先生的这一观点，对于澄清一些模糊和错误观念，必然起到积极的作用。尤其是罗庸先生在北大、清华和西南联大等国内著名高等学府讲坛宣传这一重要观点，对于引导新时代文学史研究向正确方向发展，无疑将产生重大的影响，并已为后来文学史研究实践所证明。其二，罗先生论点之提出，不是凭空妄言，而是根据当时文学史研究的现状并结合新文学如诗歌、戏剧实际情况，深入考察，认真分析，总结中国文学发展流变、繁盛兴衰的规律，有感而发，切中要害，从而提出文学史研究正确的发展走向，进而为新文学继承创新和繁荣奠定基础。其三，治学为着推动学术进步，这并非一时的权宜之计，而是其一贯的基本主张，有着深刻的理论思想根源，其基础仍出于罗庸先生所信奉的儒家求仁力行之说，强调“为己”之学，即主张为学不求虚名，不为世俗浮华所诱动，应重在切实致用，解决具体疑难和实际学术问题，此亦为当年西南联大时期大批老一辈学者共同的鲜明特点和优良传统，陈寅恪先生也正是由此出发，大力倡导独立的学术品格和精神，至今仍有其现实意义。

二、文学研究须力戒浮华虚空，减少重复因袭，勇于开拓创新，道前人之所未道

这个问题与前者紧密联系，也是文学史研究必须重视、不能回避的重大问题。罗庸先生之所以强调彰往察来，是因为感觉到当时文学史研究的现状不尽如人意，其原因即在于缺乏创新，故罗先生指出："中国文学史之研究，自与西洋文化接触后即开始发生，迄今三十余年矣，有价值之著述当在七十部以上。然皆陈陈相因，无多进步，此文学史之不可不研究也。"表明了罗庸先生对于开拓创新意识的鲜明态度。

在具体的研究实践中，罗先生充分发扬了勇于开拓、大胆创新的精神。有关唐代文学史的研究，也就显出其独辟蹊径、别具特色。

首先，在讲授提纲方面，罗先生没有因循旧有的突出介绍所谓正宗诗文，而对其他文体和文学现象忽略轻视、一笔带过的常见方法，而是将比例做了较大调整，诗文与各类文艺形式并重，按初、盛、中、晚四段分别讲述，每一讲都于诗文之外，其他相关艺术样式或文化

环境的介绍也都要占相当的篇幅，有时甚至超过诗文。如第一讲诗文方面仅介绍初唐四杰、沈宋、陈子昂、张九龄，另一大半篇幅介绍南北朝文学之回顾、隋唐的科举与士风，唐初南北文风之残存、唐初的子家和史家等；第二讲共三个问题，其三为唐诗及盛唐诗人之总论，另两个问题分别为有关胡乐胡舞之介绍，特别对于胡乐之流行与雅乐之消亡做了详尽的探讨。此外，关于中唐、晚唐两个阶段的介绍也多如此，均与其他文学史的基本框架有所不同，除传统诗文之外，还对小说、戏剧、音乐、舞蹈、民间讲唱艺术等各类文艺形式留下相当的篇幅，予以较详细的介绍。这种布局的合理性自然可以商讨，但其自成体系的特点是显而易见的。它并不意味着取消或否定诗文在唐代文坛的特殊重要地位，而是因其大多已为人所共知，补充有关环境和相关文艺样式的介绍，既可让学生把握各阶段文学体裁发展流变脉络，更有助于对诗文繁荣原因的深切了解和认识。

其次，在具体评介唐代文学各类文体时，罗庸先生对于那些新起的文体予以特别的关注，这从第三讲的题目和内容即可略见一斑。按传统文学史家观点，文学发展至中唐，文坛已由盛唐巅峰跌落，昔日荣光不在，但罗庸先生对中唐文学却给予高度评价，尤为重视其创新成就，故该段题目即为“中唐文学之创新与复古”。在韩柳古文、元白新乐府之前，先特别详尽地评介“传奇文”“俗讲及其他俗文学”“曲子词”这“中唐的三种新文体”，并仔细分析其与传统文学的关系及对后世文学的影响，如认为“传奇小说与唐乐府关系极密切”“传奇影响最大者第一为戏剧，至今犹活在民间，为宋元以来杂剧、传奇之蓝本”，同时还对古文家、话本，以及小说戏剧不可分局势形成等均发生积极影响。由此透出其之所以对其特别重视的缘由。

这种积极探索，力避因袭的意识，与陈寅恪、闻一多等国学大师争道前人所未道的创新精神十分切合，也使其在分析各类具体文学现象、文学流派时，能够变换思路、探源溯流，鞭辟入里、新见迭出，给人启发和耳目一新之感。如关于曲子词起源之新推测，提出探源可循之二原则：“其一，凡文体发源于音乐出来的，探源时当自音乐入手；其二，凡文体成功一新形式时，颇难观其本来面目，吾人探源时必追寻其未完整时之旧面貌而得结论，因知文体之起是多元而非单纯的。”在此基础上，罗先生提出了四种不同的来源，虽然并不意味着其即为定论，但相对于有关词之起源众多各执一端的争论而言，罗先生的见解无疑是较为通脱的。

再如其论诗圣杜甫一节，亦可谓言简意赅，分析其诗歌体裁、技艺、风格发展演变五个阶段，十分精辟。①长安十年，努力做五律，欲因以出人头地，后试作七言，然绝不作当时之乐府调；②安史之乱后，见民生疾苦甚多，非旧体所能包容，乃仿汉乐府以命篇，诗境得以开展；③暂定居成都，练习五古，大功告成，与初唐诗异趣，创造出独特风格；④到夔府而七律臻于成熟，各有文法，绝不雷同，登峰造极；⑤此后则为强弩之末，无甚可观。对每一个阶段文体变化及其原因均有透彻之分析，强调杜诗以三、四期作品为佳，切实可信。最后补论杜甫晚年多排律之因，谓其“流浪湖南一带，多用左手写作，为打秋风计而多写排律”，将其文体改变与生活紧密联系，亦不为无见。

此外，如论“传奇”名称读音，“传读去声，盖以传记体文字而记述异怪之事”：论健舞不一定为男子，软舞不一定为女子；剑器与剑舞有别，剑舞确为以剑作舞，军中宴会常用之等许多观点，皆为深入考察思索而得，或论证充分，或自成其说，皆有启发借鉴之效。

三、中唐时期乃中国文学发展的分水岭，文体的发展演变犹如生物之兴衰代谢，其动力则主要源于民间和外族

中国文学绵延数千年，多以传统诗文即所谓“文”

“笔”为文体之正宗，其内部又有若干体制，如诗之古近体、五七言、律绝，文之书序启状、碑志诔铭，种类繁多，各有法则，按《文选》即可分为三十九大类，而诗文之外，体裁更是丰富多彩，小说、戏剧、各类民间通俗文学，不胜枚举，后者的出现和实际成就还使得诗文独尊、独霸文坛的局面得以发生巨大的改变，取而代之，推动和影响后世文学的持续发展。传统诗文和各类新兴文体有一个交替共荣的转换阶段，罗庸先生认为隋唐迄于南宋约七百年间，便是古代文学与近代文学的分水岭，大规模的取代尤其明显集中地表现于中唐时期，“唐初承六朝门阀之旧；其后（盛唐）乃削平之，而平民文化与朝廷文化得以交通；渐次平民文化居上，吾人于本段中唐史实仅见平民时有创获，朝廷转寂无所闻，此与汉魏之朝廷文学大相径庭，亦中国文化之绝大转变也”。

基于对唐代文学这一特殊地位的认识，罗庸先生以整个中国文学流变史作为参照，将二者进行对比考察，认为唐代文坛交通并存的古近各类文体相互影响、代谢更新的现象可以在相当程度上典型集中地代表和反映中国文学发展共同的基本规律。“此段文学，上足以解说汉魏六朝文学何以结束，下足以述说明清文学之所由形成。”因此，特别对唐代文体发展演变做了较为深入的探讨，以求有益于对中国各类文体和文学继承发展规律的认识思考。

罗先生通过大量具体的事实剖析，总结出认识把握文体新变的规律与原则：

其一，坚持用辩证发展的观点看问题，去除孤立静止的意识，了解文体兴衰交替之客观规律，不可避免。罗先生指出："一体文学之演变，当以有机体视之，勿以为死板之事实。故以生物学眼光治文学史，为利滋大。植物初生，一片绿芽而已，既长乃能辨出为草为树，发枝开花，结果而后名目，秋后则有枯萎以致消灭。文体之发生消长，理与此同。一体文学之生灭，其间转变犹抛物线然，一体由发生至消灭，而另一新体取而代之，长此递变不绝。"

其二，新陈代谢过程中新体裁的源头主要来自民间与外族。"生命体之来源何在？一体文学既旧，新体何由产生？余以为凡二来源：1. 来自民间，2. 来自外族。持此可打破历史上毫无依傍之天才创作之迷信。如《诗经》灭而楚辞兴，楚在当时为南夷，由此而有汉赋；再四言既敝，五言代起，此难缘于乐府，乐府实民间之产物也；五七言既敝，则词发生，词缘于大曲，曲为西域之乐，又为来自西域之明证也。"

罗庸先生在具体考察研究后得出以上原则，又尽力将这一原则运用于唐代文学史研究中，特别注重有关民间文学和外来文艺形式与文学的关系，注意此两方面因素对文学的影响。

民间俗文学方面，如论唐代俗讲、俗赞等对后世文体影响有六："1. 俗讲本子至北宋而变为话本，又演成词话（带说带唱）、平话（有说无唱）、弹词（唱多说少）。2. 七言赞为元白新乐府之来源。3. 和声赞与当时"竹枝"有关。4. 五更转、十二时演为后世词调俗曲。5. 茶酒论演为后世合声话本。6. 老少问答影响中晚唐诗体裁甚大，如卢仝《萧氏二三子赠答》是民间风格为诗人所借用者，香山亦有《池鹤》八绝句，晚唐皮陆集中此体益多矣。"

论民间文学影响如此深入详细，在 20 世纪上半叶，并不算太多，其独到眼光由此可见。

论外来文化之影响，同样十分详尽而具体，罗庸先生所讲的"外族"含义十分广泛，实际上包含中原之外的各少数民族，也指世界各国各族，广义的外来文化对本土文化保持活力具有特殊的影响和意义，正如闻一多先生在对比四大古文化结局后所指出的那样：

"中国是勇于'予'而不太怯于'受'的，所以还是自己文化的主人，然而也只仅免于没落的劫运而已。为文化的主人自己打算，‘取’不比‘予’还重要吗？所以仅仅不怯于‘受’是不够的，要真正勇于‘受’。”③

正是本着这类似的观点，罗庸先生以充分的论据，说明了外来文化对文体新生的积极影响，展现唐代文学勇于“受”的事实和成就既有宏观综论，又不乏个体剖析，前者如第二讲“开元天宝之国势与文学”中，首先概括南北地理、心态与文化差异。“南朝人目光皆集中长江之东西，然极西之上峡风物亦未企及，故心胸极为狭窄。北朝与西凉交通，迄隋唐而益盛，人心目中之北方遂成胡汉杂居之文化局势。”紧接着又简洁叙述东北之契丹奚丹及高丽文化、西域突厥文化及西洋中古文化、西南吐蕃文化、岭南交趾文化会聚长安的盛况。在此基础上，“长安成为当时亚洲文化之中心，所有文学艺术皆先在此地孕育，再散播其种子于各地”。逻辑清晰而严密，合于事理，真实可信。

在论述盛唐文学成就时，罗先生用了三分之二的篇幅详细讨论胡乐之流行与雅乐之消亡这一重要问题，分别从“唐代乐舞变迁的五个时期”“十部伎与三大舞”“坐部伎与立部伎”“清乐曲调之残存”“四夷乐之内容及主要胡舞”“舞曲组织及其曲辞”等多方面予以论析，条分缕析，深入浅出，且材料极为丰富。例如其四夷乐内容及主要胡舞一节，列表比较龟兹与西凉复杂的乐器，同时与中原清乐相对应，繁简之中，影响与差异亦自然见出。

至于论外来文化对唐代诗人的个体影响，最具典型者自当推陈子昂与李太白，故谓“唐有二文人身世特殊，子昂与太白是也”，“太白一生行迹，多与国人伦理观念不甚一致，故身世极为可疑。前此相类者有陈子昂，二人生活习俗均不受中原传统之束缚，故能任使其气而独步一代”，可谓独具只眼之见。

另外，罗庸先生还对译经、造论及纪行、禅宗语录、诗僧与僧诗等“唐代佛教在文学史上的影响”做了较为系统的论述，并对日本空海的《文镜秘府论》对于保留唐代通行文献和促进文化交流的价值给予了客观评价。

四、唐代文学成就主要得之于时代，故研究亦应注意其共通性，并注重考察作家与前人之异同

唐代是中国文学发展史上成就辉煌的时代，文学繁荣的一个重要标志之一便是诗人众多、名家辈出、群星璀璨，作家之考察自然为文学史研究的着重点。考察之方法多种多样，传统学者往往偏重于单个作家自身的深

入研讨，包括其身世与社会环境、作品题材内容及艺术成就等。罗庸先生认为这种方法有其特色，但亦有其弊病，主张加强作家的比较研究，纵横贯通，竟委穷源，找出彼此的共同点与差异，略同详异，以突出其不同贡献。罗先生在总论唐诗时，先总结前人方法之利弊而后指出："国人所著文学史，其态度与正史作家无异，均以作家为主，重视其社会背景，此法易流于呆板，本课针对此弊而矫正之，但于某一时代中找其共通性，至于作家之分述，可略则略之，盖某一作家之成功，其本身力量仅占十分之一二也。"

这段话实际上讲出了三层意思：第一是指出了传统教学研究方法的局限，即角度狭窄、手法单一、孤立探讨、千篇一律；第二则是针对性地提出解决办法，作家研究不必面面俱到，大同小异地分别重复叙述，而应找出共通性，尽力概括出在同一社会环境下各个不同类型诗人的精神风貌及其作品所表现的基本特征，以反映出社会背景和时代对于作家心理与创作的总体影响；第三尤须在对比分析中注意发现作家与前代或同代作家彼此不同的个性，并作出客观的评价。

以盛唐文学史研究为例，罗先生总命题为"开元天宝之国势与文学"，其基本观点即已显见，该讲共讨论三个问题，首先论“胡乐胡舞及其曲辞”，其次论“胡乐之流行与雅乐之消亡”，内中又详细探讨唐代乐舞五个时期的变化，清乐与雅乐以及舞蹈的具体情形，表现其对诗歌的种种影响；最后总论唐诗，十分精练，重点突出。初盛中晚四期之中，分唐诗内容为十二类，曰宫廷诗、赠答诗、园林诗、行旅诗、征戍诗、声伎诗、杂戏诗、僧道诗、异俗诗、书画诗、田园诗、类书诗等，分别予以总体简评。然后再将王、孟、高、岑、王昌龄、王之焕、綦毋潜、刘长卿等重要诗人略加比较，以笔调形式及题材多样性与风格变化等方面标准评价，认为“唯王维足称大家”，结尾专节论李杜，仍然是将重点放在考察其诗歌之渊源及创新贡献，避免了平铺直叙，可谓详略得当。

扣住时代脉搏来考察作家总体风貌，也就紧紧抓住了根本，着墨不多而让人了解其概略，印象鲜明深刻。而在进一步的具体考察中，还有一点非常重要，“必先说明作家之来踪去迹，考其同于前人者若干，异于前人者若干，能如此或可勉成精心之作”。这一观点在罗先生论述李白的文字中表现得淋漓尽致，其论曰：

“（太白）五言诸作多得力于建安之曹、阮二家，笔力才气亦足相匹。当世人作诗多来自四杰，而太白独取原于汉魏，所以独高。又以其流转各地，怀古钦贤，故爱二谢，然大谢之典重、小谢之空灵，又不合其口味，故青出于蓝，戛然独造。复次，太白不受当时试帖之影响，故不精律诗。七古完全脱离初唐作风而出于鲍明远，成熟后再加上汉乐府成分，乃知其诗实根深源长，非仅恃才分而已也。”

真正是前后对应、上下贯通，纵横比较中见出太白之过人才情及诗风独特超群之因。最后更以之与杜甫相比，见出彼此体裁与生活态度之差异、特点和局限。

与联系时代、综合比较、探源溯流相结合，罗庸先生还特别强调要以严肃审慎的科学态度对待学术问题，注意辨别材料，认真分析，论从史出，以求切实解决，有所创获。对于一些为旁人所忽略的问题，罗先生也往往表现出敏锐犀利的洞察目光和细致入微的考证功夫，20世纪60年代初，严学窘先生曾在《光明日报》上发表《罗膺中师说述闻》连载文章，其中有关杜甫研究的一个例证，堪称极为生动的说明。文章记述罗先生所言曰：

“旧说杜诗韩文，无一字无来历，尤其杜诗的乐府，没有一篇不是写实的。但《前出塞》《后出塞》就是一个很大的问题。《后出塞》五首写安禄山征奚契丹事，字字不空，但《前出塞》九首就仿佛是泛写征戍之苦。假使果是泛写，那末‘杜诗《乐府》是写实的’这句话就有了例外。我们认定这是问题，便抛弃旧注，从历史上找证据。结果发现这诗完全咏天宝六载高仙芝征小勃律的事，而且是根据岑参从征归来口述的见闻，其字字不空，和《后出塞》一样。这是一个老材料，就有了新的解决。”④

由此辨析材料而得新见的例证，又再次印证罗庸先生研究文学史实事求是的严谨态度和不囿陈见的创新精神，其整个讲稿所涉及的材料和范围亦十分丰富而广泛，体现出博大宏通、论从史出的特点。

当然，罗庸先生的这份讲稿也存在着一些可以商榷或需要进一步完善之处，如偏重于正统诗文之外内容介绍的比例问题，论李白生活态度时谓其诗中多神仙思想，眼中毫无民众疾苦，晚年诗之内容与民众及时代脱节之类，都可讨论，但这并不影响其重要参考价值。由于当时特定的战乱时代和环境，如郑临川师回忆的那样，罗先生从北平逃难出来在西南联大任教期间，住在昆明市郊龙头村，书橱中仅有几部世界书局出版的缩小影印本书籍[⑤]，资料的匮乏和学术研究的艰难可以想见。同样因为时局等原因，罗庸先生的才华并未能得到充分发挥，著述不丰，贫病而逝，令人扼腕叹息。

傅璇琮先生在闻一多《〈唐诗杂论〉导读》中曾经讲过两段很精辟的话：

> “我觉得，在唐代文学研究取得相当大进展的今天，我们来谈论闻一多先生的唐诗研究，如果只是扣住一些具体论点，与现在的说法作简单的对照，以此评论得失，恐怕是没有什么积极意义的。对我们有意义的是，前辈是在什么样的情况下开拓他们的路程的，是风和日丽，还是风雨交加。他们是怎样设计这段路面的，这段路体现了创设者自身什么样的思想风貌；我们对于先行者，仅仅作简单的比较，还是努力从那里得到一种开拓者的启示。”
>
> “时过几十年，再来具体讨论某一人物、某一作品，评价的得失，并不能对我们的思考有多大的意义。对我们有意义的，是闻先生研究初唐诗的角度以及他对这一阶段文学变迁审视的眼光，在这里，我们就会发现闻一多先生所特有的气度和魄力。”[⑥]

我们也可用这同样的观点来看待罗庸先生的唐代文学史研究，岁月悠悠，今天知道罗庸先生名字的人已不很多，但他与闻一多先生以及那个时代其他的许多学者研究中所表现出的认真务实、不尚虚空的科学态度和力避因袭、勇探新知的鲜明精神特性，已不仅仅限于某一具体问题的讨论或一得新见的启发，更为我们在新的世纪振兴与弘扬中华优秀文化，倡导学术道德准则，推动学术繁荣进步所必需。

仅以此文纪念身后寂寞的罗膺中先生！

---

①②罗庸：《鸭池十讲·我与〈论语〉》，天明书店 1943 年版。

③闻一多：《闻一多全集》（第一卷），生活·读书·新知三联书店 1982 年版。

④严学窘：《竟委穷源——罗膺中师说述闻之一》，载《光明日报》，1961 年 5 月 1 日。

⑤郑临川：《薪尽火传忆我师——纪念罗膺中先生》，见《苔花集》，电子科技大学出版社 1992 年版。

⑥傅璇琮：《〈唐诗杂论〉导读》，上海古籍出版社 1998 年版。

目　　录

薪尽火传忆我师

（代序）

万里长征，辞别了、五朝宫阙，
暂驻足、衡山湘水，又成离别。
绝徼移栽桢干质，九州遍洒黎元血。
尽笳吹弦诵在山城，情弥切。

千秋耻，终当雪；
中兴业，须人杰。
便一成三户，壮怀难折。
多难殷忧新国运，动心忍性希前哲。
待扫除仇寇复神京，还燕碣。

这首调寄《满江红》的西南联大校歌，是二十世纪三十年代末联大中文系教授罗庸（膺中）先生写的，凡念过联大的人，谁都唱过这首鼓舞人心的曲词。

我从先生受业，始于一九三九年下学期旁听先生为高年级开的选修课唐诗。一年级时因为入学太晚，错过了先生为大一新生国文讲课的轮次，听早来的同学说，先生的《孟子·养气》章讲得棒极了，简直是像孟子本人在当堂宣讲，同学们听了都好像感染到那一股浩然之气，觉得心胸开豁，激发起作为一个中国人的自信与自豪感，使我十分敬佩。在唐诗班上，先生叫凡来听课的人，各写一篇学诗的过程，最好能附上几首自己写的旧诗习作，这样便于老师掌握学员的根底。我虽是旁听生，也按照先生的要求写好呈上，并未抱任何奢望。谁知不久便有老同学来通知，说罗先生对我交的作业很重视，想有机会见见我。于是我惊喜地约好时间，在一个周末的晚上，同那位同学到城内大绿水河畔的习坎斋第一次拜见了先生。

师生初次见面，给我留下的印象是当时不自觉地记起《论语》书中的几句话："望之俨然，即之也温，听其言也厉。"先生根据我作业中提供的家乡籍贯和身世孤贫的材料，一再称赞湖南的先哲前辈们对中国近世政治、文化作出的重要贡献，特别提到明末清初的王船山，教我今后一定要好好精读《船山遗书》，学习他在国家民族危急存亡的关头，毫不灰心丧志，在万分艰苦环境里为未来复兴大计发愤著书的治学精神，并说了一句"中国将来的希望在湖南"这样的话。这些话当时我只认为是对一个湘籍学生的泛泛勉励之词，根本没有意识到最后一句在当时形势下所隐含的深微政治意义。当拜访结束告别时，先生特意交给我一篇用楷书写好的文章，原来是为我那些不成熟的习作

《总角集》写的序文，主要内容是强调“士先器识而后文艺”这一传统原则。我双手接过，深深感谢先生对我这个旁听学生的如此关心和爱护。

大学三、四年级，进入专业学习，我除主修先生讲的“中国文学史分期研究”第二、三期课程外，还选修或旁听了先生其他课，师生见面往来的机会就更多了。先生治学和讲学的态度，基本上是坚持孔子“古之学者为己”这一反求诸己的精神，他曾写过一篇《论为己之学》的专题论文阐明这个观点，认为认真做学问的人，一定是专精好学，屏除利害得失的私心杂念尽力去做自己能做的、当做的事，这样他才不会感受到自我满足，永远自强不息。因此，先生的课堂教学就出现两个特点：第一是务实精神，对精神内容的叙述阐发极有分寸，从不逞才炫博。他不止一次声明自己不懂新诗和外国文学，强调学贵美身益世，反对哗众取宠，指出研究文学史的目的不是玩古董、赏化石、发思古之幽情，而是为了彰往察来，从文学发展的规律中辨明当前文学应走的道路。比如有同学问新诗有无发展前途，先生的回答是：从东汉末年的五言诗兴起到唐诗的极盛，中间相隔几百年，如果当时有人看到某些“质木无文”的五言诗就问古诗写作有无前途，岂不太性急了吗？问题不在预卜新诗的有无出路，关键在于不断地写下去，由失败的实践中，逐步探索出成功的经验，自然会发展提高，水到渠成。当时又有同学抱怨没有一部比较完备高质量的文学史可读，先生做了这样的解释：这并不奇怪，因为条件还不成熟，我国文学发展的时间比任何国家都长，科学地整理文化遗产，近二十年才开始，大量的文学史料和作家作品，还需要多做深入细致的研究鉴定工作，零件没有配齐，机器怎能安装好呢？这些工作正有待大家今后共同来做，如果老是坐着叫嚷，谁也不愿动手，想凭空写出一部完备高质量的文学史来，那是空想不切实际的。第二是尊重学生的独立思考，认真传授知识，不在课堂侈谈个人的思想和爱好，用片面的成见去干扰学生积极的思维活动。所以先生尽管笃好儒学、信仰佛教，但在课堂上从不发表有关的见解，只根据不同课程内容的需要，给学生以扎扎实实的基础或专业知识，让他们像春雨中的植物顺应各自的特征而蓬勃成长。你以为他是抱自然主义的纯学术观点吗？并不，在先生讲课的内容中仍然是充满着光和热的，大一课堂讲《孟子》的效果就是明证。记得还有一次，在文学史研究班上讲到晋大诗人陶渊明的时候，先生忽然联系到香港某杂志上的一篇文章，标题是“酒鬼陶潜”，从来不生气的先生这时竟正颜厉色地加以申斥，语气十分严厉：“如何评论古人，代表着一个人的学养和道德品质，也是他对待祖国文化所持态度的表现，随意厚诬古人以突出自己，这只是表现他的无知、无耻，是中华民族的不肖子孙！”谁能说先生只是在客观地授业解惑呢？如果因此把先生看成是一个古典至上的国粹主义者，那你又错了。我们可以从先生叙述中国诗歌发展规律的独特见解得到反证。先生认为中国历史诗歌发展的规律，常常是以民间文学和外来影响为基础而起着循环交替作用的。在北方民歌基础上产生的《诗经》衰歇以后，是中原文化以外的南方“楚辞”代兴。汉代楚声僵化，继起的又是以北朝为主的乐府民歌。当由乐府发展而来的文人五言诗在六朝末年腐化堕落时，挽救它的还是那来自朔方的清新刚健的北朝乐府。下至于唐诗、宋词、元曲，无不循此规律而推陈出新。那么晚清旧的封建文化凝固，向西方文学吸取新血液而重新振作，就成为必然的趋势了。这又何尝是盲目自大、顽固保守的国粹主义者所能有的见解呢？这些爱国和求实的教导，一直成为我多年来读书和教学的指南针。

到四年级准备写毕业论文的时候，我有意选定闻一多先生和膺中师两位做我的指导教师，尽管他们在思想、性格、学养和治学方法各方面都有很大的不同，但我觉得两师也有一个重要的共同点，就是爱国和求实的精神，在极端困苦的物质条件下，他们都能以火样的热情和踏实的工作担负起为祖国文化存亡继绝而战斗的神圣职责。经过两师长期的教育熏陶，我初步有了继承发扬祖国文化传统的使命感，并接受了彰往察来的学术观点，把为发展新文学而研究古典文学作为个人努力的方向。

一九四二年寒假期间，为了搜集论文材料和就近请教的方便，我到昆明市郊的龙头村短住，因为那儿有北大、清华两校的书库，两位论文导师也都住在那里。我住在村子附近司家营的闻先生家，离罗师在村里的住宅约有二三里路，常常在两处来回地跑。在春节头天的下午，也就是旧历的除夕，我去先生家请求解答疑难，还未进村，远远望见先生和师母正站在村头的小坝上，看老乡们按照当地春节习俗老少齐聚做荡秋千的游戏，看得认真入神。同到先生的家，见他住的是一座狭长楼房的二楼房间，光线不很充足。书橱里简单陈列着几部世界书局出版的缩小影印本《十三经注疏》《四史》和《资治通鉴》之类，墙壁上还挂着一对洞箫或是长笛的管乐器，先生笑着说："从北平逃难出来，所有家当全在这里了。"接着又说："读书本来在精不在多，要能够实际受用才好。不然，读书不能实践，不能作出对社会有益的贡献，再多也等于文盲，甚至还不如文盲的少干坏事。"这番话，使我回想起先生在一次题为"我与《论语》"的学术讲演中介绍自己的治学经验，大意说他对这本部头不大的《论语》，有好些地方到今还没有读懂。这时我才理解到那段话的真正含意，指的不是在文字意义上没有读懂，而是以即知即行的高标准要求自己，从字面了解而不能贯彻到对社会有益的实践去，就先生的观点来看，那就不算读懂，更算不了学问。这天晚上，先生留我同他全家共度国难中的异乡除夕，大家一边吃饺子，一边谈到沦陷了的故都（北平）好些往事和当前战局的发展，直到夜深才回司家营去。一九四三年冬天，我已到了重庆。旧历大年三十那天，刚好收到先生从昆明寄来的《鸭池十讲》，这是新出版的先生旅居昆明期间所写的十篇讲稿。鸭池，原是昆明在元代的旧称。我在灯下一篇一篇细读，仿佛又回到先生身边，听到他那沉着恳挚的讲学声音，夜里怎么也睡不着，眼前不断浮现去年在先生家师生共度除夕的情景，随即吟成一首七律，次日寄呈先生。诗云：

松林寒水认孤村，立雪情深忆叩门。
树底秋千瞻异俗，橱中坟典供盘飧。
故都离黍应萦梦，南鄙烽烟合断魂。
又是一年将尽夜，春风何日到王孙？

从一九四二年秋天离开母校，到一九四九年夏天在北碚师生重逢的七年多时间里，我同先生一直保持通信，经常向先生汇报自己的教学和思想情况，请教读书的疑难问题。每次都得到先生及时的回信指导，好像还在先生身边随时能领受耳提面命一样。有时得到嘉许，也受过一些批评。多亏这些书信不断地谆谆告诫，使我在风雨如晦的黎明前夕，没有失掉信心和迷失方向。可惜的是这几十封宝贵的书信连同那篇《总角集·序》的手稿，全部都在十年浩劫的抄家暴风雨中石沉大海了。

一九四九年夏天，先生由昆明来到重庆的勉仁文学院，刚放暑假，我就从南开中学赶往北碚去拜望，在缙云山下的数帆楼附近先生的临时宿舍住了三天。家里只有先生和师母两人，二老的风尘之色还未完全褪尽，房间里的陈设和书籍比龙头村时更简单，书桌上似乎仅仅放着一部木刻大字本的《陶诗汇注》。一见陶诗，我不禁想起当年先生课堂申斥丑化古人的那种愠怒辞色，同时也记起龚定庵的一首咏陶绝句：

> 陶潜酷似卧龙豪，万古浔阳松菊高。
> 莫信诗人竟平淡，二分梁甫一分骚。

我想移来形容先生此时此地的心境，也多少有些近似吧。有一天夜里，师生灯下闲谈，还有几位朋友在座，先生忽然从书柜里拿出一件用白纸包扎完好的东西，像逗孩子似地问我："你猜猜看，这是什么？我替你好好保存着啦！"乍一听我感到愕然，不知是怎么回事，拿到手拆开看时，原来是我一九四二年所写毕业论文的初稿，上面批满了先生的评改意见和补充材料，因为已有复本，我早把它忘掉。看到这份旧稿，我激动得说不出话来，在座的朋友们也深为感动。要知道，这不过是一个学生多年前写的一篇极其幼稚的论文底稿，先生竟如此慎重地保存这许多年，而且在流转迁徙的生活中仍然带在身边，直到郑重地交还到学生手里，这种认真负责、尊重学生作业的典范行动，永远值得我铭感、学习。

一九四九年深秋，我带着南开高中毕业班到北碚参观，再次得到拜谒先生的机会。当时先生已病倒在一间用石头营造的冷清屋子里，光线更显得暗淡，只有师母陪着他。看上去比夏天瘦多了，但说话的精神还是那么从容坦荡。师母告诉我，几天前一位联大校友来探问病情，他用带泪的声音劝先生说："一九四六年我们失去了闻一多先生，去年朱佩弦先生也离开了我们，如今先生又病着，可千万保重，我们再也经不起这样大的损失呵！"先生听罢微笑着向我说："这孩子也忒傻气，把事情看得那么严重，生命本来是从无到有，又从有归无，这没有什么奇怪的。他大概忘了庄子那句'薪尽而火传'的寓言，只要有火种传下去，木柴难道真的化为乌有了吗？"这是我和先生最后的一面，最后一次听先生的教诲。在病情严重、生死弥留时刻所表现出来的那种泰然自若的精神状态，真正体现出了古人所谓"无终食之间违仁"的君子风度。是的，"薪尽火传"这一席话，正好作为先生留给我们的信念和遗愿。

一九五〇年初，重庆解放不久，先生在北碚病重逝世。当时的西南文教部（全称"西南军政委员会文化教育部"）为先生举行了隆重的葬礼和追悼会，表明党和政府对先生终身尽瘁于祖国文化教育事业的劳绩是高度评价和肯定的。从先生逝世到现在，已是三十二个年头了。这些年来，在国内出版的书刊报纸上提到先生的很少见，一代学人身后看来显得有些寂寞，无怪几年前会见一位被先生培养过的研究生，他为先生一生名气不大而深抱遗憾，似乎名气才是衡量一个人价值的可靠标准。但我想到的却是像先生那样不慕荣利、不患得失、终身坚持实践“为己之学”、甘作人梯的人是多么难得！身后寂寞，对先生来说原是求仁得仁，不屑在意的。他生前只本着爱国和求实精神，以蜜蜂般的辛勤，春蚕似的执着，蚯蚓样的勤劳，为祖国的文化教育事业鞠躬尽瘁，最后在“薪尽火传”的信念和欣慰中安然长逝，像这样的高风亮节，我们能拿名气大小的尺度去衡量他吗？

先生的遗著，“文革”前从友人通信中得知，吴晓铃师曾倡议进行整理出版，不久动乱开始，便没有了下文。在个人手边，还幸存着先生的“中国文学史分期研究”第二、三段（魏晋至唐宋）完整的听课笔记，不时温习，缅怀先生的遗教。我知道，在国内外沾溉过先生教泽的同学定然不少，如今大家都在直接或间接地以先生倡导的“为己之学”精神，沉着踏实地为祖国社会主义事业服务，体现了先生薪传不绝的遗愿。因此，我愿与同门学友一道，为建设社会主义的高度精神文明而献身，以此作为心香来呈献和纪念敬爱的膺中师。

郑临川

一九八二年十二月三十日

第一编

魏晋南北朝文学

叙　说

一、断代说

此期自汉献帝建安初年（公元一九六年），下逮唐高宗景龙三年（公元七〇九年），共五一四年，约为五百年左右。在此期间，按政治文学之变化分为十段，其实开始之时，应加建安前三十年。盖为党锢时代，而影响后之清谈甚大。

上古文学时期，应将春秋、战国、秦、西汉断为一代，盖为策士风气所弥漫故也。只东汉二百年间，上既不承秦汉文风之旧，下又与建安士气殊风，故应独立为一段，此论建安文学不可不知者也。

私家讲学之风肇自孔子，下迄战国则变化万端矣。有著书而不讲学者如庄子，有又著书又讲学者如荀子，有游说而不著书者如孟子，自春秋末下逮秦汉，此风极盛。当社会安宁之时，则此辈为帝王所畜，为文学之臣，如史迁所贱视之当时诸文士枚乘、司马相如皆此类也。

战国为各单元之国家，至秦而统一之。西汉既承秦封建之旧，又行中央集权之制（集权郡县制），故其争夺恒在王室与外戚之间，而皇帝苦矣，不能不拉侍从以为心腹，而宦官之势盛，王命因之不行，而在野唯三力量支持社会重心。其一为武装民众之暴动，如汉末黄巾之乱；其二为读书有志之士，进未能仕，乃退为市里之代言人或表率，自成一种势力，即党锢中诸人是也；其三为陇西强藩，即董卓之乱，造成武人干政，三国之局由此形成。其时民间尚存读书之士，气节不坠，思为乱世尽力，此建安文风之所由建立也。故三国之中，曹氏独强，蜀诸葛亮亦有志于此，孙氏略有此见，而恃地利以成鼎足之势。此俱由东汉士风所养成，乱世文人又不能不依附武人以自庇也。迄于晋世，由北番侵陵，偏安江左，而文学南北对立之局遂以成立。

以下逐次叙述所谓十段落者。

其一为党锢时代。在读书人情绪上变迁言之，两汉与两晋迥然不同，以汉人固无甚悲哀与夫慷慨激昂之气，此转机即为党锢时代。此时代起自桓帝延熹二年，帝诛梁冀，外戚势消，宦官势盛。自冀死后第七年有第一次党锢，后三年有第二次党锢，又七年则有第三次党锢，总共不到二十年乃有黄巾之乱，社会秩序大乱，造成武人专政，故再二十年即为曹操迁帝于许昌时期，三国局面于是成立。自桓帝延熹二年迄献帝建安元年，为时共三十年，为本期文学史之开端。

其二为建安七子时代。起自建安元年，迄于魏明帝太和六年（曹植死年），共卅七年，此可断为一代，为七子之活动时期，其真正灿烂时代亦不过十余年耳。此与党锢时代作风殊异，前者文士目光多注视政治，后者在武人专政局势下不敢复言政治，而多用精力于文彩，此与下一期正始文士之专论玄理又自不同。

其三为正始时代（魏废帝齐王芳年号），上自明帝太和四年，九年齐王芳即位，改元正始。由正始元年至嘉平元年（曹爽被诛），其间凡十年，为司马氏与曹氏争权时代。何晏等人先后被杀，使一般文士抛却实际之人生观而趋于虚无缥缈，为时虽仅十年，而影响后期滋大。

其四为竹林七贤时代。自嘉平元年曹爽被杀，山涛、阮籍等先后出仕。竹林名士不似正始名士之虚浮，却与建安诸贤相近，多慷慨激昂之气，而司马氏特别刻薄寡恩，故诸贤多遁于诗酒，佯狂谢世。此期起自嘉平元年，迄阮嗣宗之死，凡十五年。

此四期文可谓之三国时代，自党锢时期起算至晋之篡位，其间凡一〇六年。

东西两晋合共一五五年。

其五为西晋之元康时代，西晋亡于八王之乱，当时文士鲜有不投依诸王门下生活者，多为诸王宾客，此期凡五十二年。

其六为江左时代。上起晋元帝，下逮恭帝元熙元年，共一〇三年。此期外患特多，权在武人，与上期权在宗室者不同，此五、六两期，有如汉史之重演。西晋如汉之统一局面，然而有权臣宗室之争，迄东晋则又成武人干政之局。由此下逮于陈，皆偏处江左，故总谓之南朝，此期中凡二特点：（1）武人干政，如桓温、刘裕之徒，文人鲜有为之运筹者，但掌书记之才而已。（2）门第风盛，一面表示非胡人之参入，一面造成门阀势力。凡欲有所作为者，必傍门阀而兴起，此种势力，迄梁陈而弗衰，所异者为东晋与宋齐之不同，梁陈与宋齐又不同。东晋文士犹有天下国家之抱负，宋齐以后则多纯文士矣。梁末陈初时，门阀寖衰，北人长于南方者日多，南人缺乏魄力，故所作多涉于风云月露，且寒微之士渐以崛起，不能不让之出一头地，至隋统一乃有科举之议立，开唐代考试之风。

宋齐梁陈共一六一年。

其七为宋代。刘宋以后，诸王宾客复盛，佛教思想特著，共五九年。为回旋时期。

其八为齐梁陈时期。此中齐廿四年，梁五十五年，陈卅三年，文风渐衰，文学理论之作兴起，如《文心雕龙》《诗品》皆是。此与诸帝提倡宾客风气有关。凡一一二年。

北朝自北齐起，南北交通渐盛，乃开始培养文士，保留东汉两晋之旧面目，而于南朝文风，则未能接受。至北周时，徐陵、庾信、王褒因使留北，将南朝已成熟之文风带去，故由文体上分野，如书牍应用多采南朝，史笔政论多沿旧制。

其九为隋代，其祚甚短，乃以北朝文风为体，南朝文风为用。

其十为初唐时期，逮高宗景龙三年而止。

二、史料论（阙）

第一讲　建安文学与正始玄风

一、东汉末年的朝政与士风

此段情形叙述最详者为《后汉书·党锢列传序》（可资参考）。

对党锢问题之看法可分两面，其一为文人在社会上所占之地位，其二为士人之生活问题。

中国自殷商以来，即为农业社会，故一贯传统为“古之学者耕且读”，其出仕也无非以禄代耕而已，罢归故谓之归田。社会重心，端在农村，朝廷仅视为传舍然。自周以来，士人莫不如此。一面士人来自田间，深知民间疾苦，而不敢为酷吏，一面士人为乡邻之公共代表，此制破坏于春秋战国时代，而尤以战国时代为甚。诸国欲图富强，乃注重开发富源，而以农民为剥削对象，商人乘机崛起，天下大乱，故秦既统一，乃毁名城，罢富豪、坑儒士，盖势有所不能已也。至汉文帝之立，主张孝悌力田，迄东汉末凡四百年，遂复于农村为社会重心之旧，乃有党锢诸贤之出，故党锢之风，实两汉政治家所设计者也。文学亦随之而变幻百出，所作非和平之音，实含有相当之毒素。

二、曹氏父子的“一家辞赋”

东汉末以及三国时代之文风，并不能以曹氏父子为代表，其时隐逸者如管宁，他如吴蜀皆有文士，不必以曹氏父子概括尽之，所以然者，以《文选》之选文上溯建安故，而七子三曹之名特著焉（关于建安时代之文风，可参考《文心雕龙・时序篇》）。

魏武之为人，后世对之毁誉参半，按三国时足称人杰者凡三人：魏武帝、诸葛亮、司马懿。而裴松之注《三国志》时，曾多方毁谤魏武。其实魏武为人，乃东汉末一般士人之态度，时天下大乱，诸侯拥兵自雄，各以兴复汉室为口号，而成败各有不同。魏武以政治眼光招纳贤士，有三令可供参考：(1) 求贤令，(2) 敕有司取士勿废偏短令，(3) 取贤勿拘品行令。其中“唯才是举”乃其取才之标准。又云：“凡负污辱之名，见笑之行，不仁不孝而负治国用兵之术者……” ·反东汉士风之所趋。《魏志・丁谧传》注引《魏略》丁斐事，载斐不敦品，常盗取公物，如官牛、官印等，人告于武帝，帝笑而为之婉解，可见其所招致人才之方法，及其人才称盛之理由。

曹氏之搜罗人才，虽父子间亦有竞争，即当时各州牧亦好罗致人才，此事可见《魏志》廿一《邯郸淳传》注引《魏略》：淳原为刘表之门客，建安十三年，荆州内附，淳入魏，文帝求为门客，子建亦求之。武帝乃令淳见植，植初不与言，既歌且舞，又谈天地玄黄及其文学诸技，淳出而大赞之。后文帝嗣位，淳不得已而来归门下，作《投壶赋》献之，由是可知曹氏父子之所以讲究文学，在借此以招致文学之士。今读其父子之诗文，斐然可观，盖其用心苦矣。

武帝遗令之文而外，犹工五言乐府。其时五言乐府为新体诗，武帝竟敢尝试之，且每诗皆可播之管弦。迨乎子建之作，已成文人五言诗矣。魏文亦颇工诗，又思成一家之言，与《论衡》《中论》并驾，因成《典论》之制。有学者癖，犹是东汉风气，唯子建最重文学，为文尚藻饰，雕琢之言十占六七，足与七子比肩。又魏以前以文为游戏者甚少（如王褒《僮约》），至魏而命题作文之风起，如魏文伤阮瑀寡妻，召七子之徒作《寡妻赋》，又有《宫中槐树赋》，有竞赛意味，使文人用心更深，而远违个性，由此至唐弗衰。

三、所谓建安七子

七子实不通之名词，源于《典论·论文》，列孔融等七人为一串，而子建《与杨德祖书》亦遍论当时文人而不及孔融，所见甚是。《文心雕龙·时序篇》之论七子，本自《典论》与子建之书。夫七子者，并非同时相友之人，且当时能文者亦不止七子，故谓之不通。由魏文《与吴季重》二书及吴之《报魏太子书》观之，皆以七子为侍从之臣，论七子者不可不知。

七子中孔融不能入流，盖融长魏武二岁，以行辈论，当为文帝世伯，其文尤为文帝所好。建安十三年六月，融被杀时，王粲尚在荆州，二人并未谋面。后魏文下令求融遗文，强列入七子之中，实有不妥之处。说到孔融之文，可知东汉末及三国文学之转变。桓灵以上，文人以经学为主。汉末两大作家，一为蔡邕（伯喈），一为孔融，而文学史家每将此同时代之二作者分为两期人物，以蔡归之汉代，诚以其所着重在经学故也，逮至文举而辞赋之气加重，蔡犹有党锢诸贤清流之风，文举则为狷狂纵诞之士。自曹操由兖州牧兴起，朝廷中能评议时政者，唯文举一人而已，深为曹操所畏忌。后曹次第平袁绍、平陶谦，将伐荆州，过许昌，因借故诛杀之。

阮瑀为嗣宗之父，字元瑜，影响其子甚大。陈留阮氏在东汉时为旧族，瑀在家时颇有文名，魏武起自兖州，招纳贤士，而陈留适在其势力范围，世传瑀初不出，魏武以焚其村舍相挟，故不得已而出焉（此史实尚不能十分可靠）。瑀尝作《首阳山赋》（王粲及嗣宗皆有此作），作于建安十七年（荀彧死年，为反对魏武篡汉而自杀者），此作就其所作之年月观之，实有深意。瑀之死，亦在是年，而文帝所称“书记翩翩，自足乐也”，盖赞其在征刘表前后所作，而咏怀之制，当推《首阳》一赋，有不得已事魏之隐痛在焉。

刘桢，字公干，东平人，为七子中最平凡者，亦魏武门下最不得意之人，除文集外，尚有《毛诗义问》，可知其在家时仍以治经为主。因平视甄后为武帝所怒，罚令磨石，终身不复重用，后死于时疫。文帝称其“五言诗之善者，妙绝时人”。七子中最善徐干，盖同乡故也。

陈琳，字孔璋，广陵人，七子中生年较久，生年不可考，死时当在六十岁左右，初为何进记室，后为袁绍作讨曹之檄。建安八年为操所执，惧甚，然曹氏竟不问前情，故终身顺服，为真正文学侍从之臣，无甚怀抱可言，遗文颇多，亦死于建安廿二年时疫。

应玚，字德琏，与其弟璩（休琏）为曹氏门下最委屈之人。黄巾乱时，曹嵩位于三公，后迁于琅邪，及操为兖州牧，令应劭为保护之责，后嵩为徐州牧陶谦部下所杀。操怒，乃讨伐徐州，屠城廿五万人，劭惧，乃携二侄投北海袁绍，著《汉官仪》以试操，操不咎既往。劭未及出，于成书之次年卒。二侄居冀州，及绍死，二子争锋，为曹所破，二应俱为所得，故居门下，不敢有所作为，盖身世使之然也。

徐干，字伟长，北海人，魏文最称其《中论》，以为

"议论典雅，足传于后"。实不应列入七子，而应入于仲长统等子家者流。幹如不为曹操所强征出仕，当如管幼安、庞士元、司马德操之以隐士终。所作《中论》，乃汉末士人对时局对症下药之作，无名氏《中论序》，表彰其建安十三年后，居邺下不食魏禄，茅檐衣结，生活极苦，不与曹氏合作，建安二十三年三月卒。

王粲，字仲宣，山阳人，祖四世为三公，为七子中最光彩之人物，故陈寿特为立传，实际仍为魏文士传，粲其尤著而已。十二三岁时入长安，见知于蔡邕。建安之乱，南窜荆州（十五岁前），居十二年而赋《登楼》，第十三年劝刘琮降操，最为魏武所重，位列军谋祭酒，每有征伐，必参佐戎署，未尝以困顿终其身。建安十七年、二十年伐吴皆从，卒于建安廿二年。地位在徐、陈、应、刘之前，而书记之作，不若陈、阮之多，可想见其致力多在政治方面，只《首阳山赋》一首为同赋，仍有东汉末之文风，抱兴复汉室之志，非乘时窃位之徒也。

七子外，值得提及者尚有下列数人。

杨修，字德祖，为子建唯一畏友，文学之气味也极相投。今存与子建来往之书简若干首，后为武帝所杀。

丁仪、丁廙，亦子建至友，子建尝自谦以为弗如。

吴质，字季重，盖善于自处者也。始终不为内官，常外宦以避祸。风格近于七子。

诸人文学风格，《文心雕龙》评之为"慷慨而多气"，虽辞赋气重，而不至于冗弱者，以诸子不徒为文士，盖各有其怀抱故也。

王充《论衡》尝分人之才为若干类，但未以某人工某体文为评论，至魏文著《典论·论文》及《与吴质书》，皆各于其所长之文体而称道之，如仲宣娴于辞，阮、陈长于书，伟长长于论，德琏著《文质论》，但无甚发挥。刘桢，魏文称其五言，但今所传者，罔见佳构。自此，“文非一体，鲜能备善”一语，成空论矣。

四、汉魏之际文学上诸问题

（一）五言诗的起源（附论文人乐府）

此问题十数年前即为文人所聚讼，自民国十四年起，迄十八年止，国内关于此问题之讨论甚为热闹，然有价值之论文，亦仅十四五篇而已。

关于此问题讨论之意见，重要者凡二派：（1）以为起源于建安，建安前虽有五言，亦不得谓之五言诗。（2）为守旧者之说法，以为当起源于西汉。

其实此二派所论，均未予人以文学史之线索，仅为片面之争讼，刘彦和《明诗篇》中论此问题，则以苏李诗及班婕妤《怨歌行》为可疑。五言诗源流在当时本可考订清楚，但彦和引《召南行露》《孺子沧浪》等证据，以为五言字句即五言诗，又以枚叔、傅毅为《十九首》中之作者，对于五言源流仍乱而不清，马虎作结。钟嵘《诗品》总论又引《尚书五子之歌》及楚谣，以为五言滥觞之作，亦是囫囵滑过，又引班固《咏史诗》，终是零碎而无结论。观上二论，可见五言起源之问题在齐梁时已有人怀疑，但不愿用功追究，故略举古谣以挡塞之。

（1）《汉书》中之五言诗，如戚夫人《舂歌》（《外戚传》）及李延年《佳人歌》，皆见于《汉书》之五言诗也。《五行志》有汉成帝时童谣，《酷吏传》中《尹赏传》有《长安城中歌》，亦五言也，由此观之，西汉不得谓无五言诗，但风格与苏李诗、《十九首》不同，此值得考虑者。

（2）苏李诗见于《文选》及《玉台新咏》所录，苏李诗自齐梁以迄清代人皆疑之，《文心雕龙》曾提出质疑，又颜延年《庭诰》一条评："李陵重浊，总杂不类，惟其善者，可发人悲。"盖自刘宋以来，即有李陵集行世，《隋书·经籍志》即载其集二卷，至唐而亡佚。钟嵘《诗品》径承认为李作，评语见"汉都尉李陵"条，并列为上品，以为李陵身为富家子，如不遭大难，诗乌能至此，可见梁代已无人怀疑之矣。《颜氏家训·文章篇》，将陵归入汉文人之列，与长卿、枚叔并举，由是可知北朝人犹及见李集之篇籍，至唐骆宾王《和学士闺情诗启》，谓"李都尉鸳鸯之辞，缠绵巧妙"，可见初唐人对苏李诗不仅不怀疑，且竟将二人诗混集不分。刘知幾《史通·杂说篇》以为李陵

《答苏武书》不类西汉文风格，殆后人伪托之作。老杜则绝不疑之，《解闷十首》其五首句云“李陵苏武是吾师”可知也。又白乐天《与元九书》云“国风变为离骚，五言肇自苏李”。故终唐一代，除刘知幾一人外，余子均以尊《文选》之故而深信苏李诗作非伪托者。宋苏轼《答刘沔书》中有“以《文选》二文之陋，如苏李诗乃赠别长安而有江汉之语，又李答武书，字句浅薄，殆齐梁间小儿为之，而后不能辨，陋矣”。洪迈《容斋随笔》有“《文选》苏李赠答诗，东坡谓为后人所拟，愚观‘独有盈觞酒’，盈为惠帝讳而李用之，足以知其伪”。下逮清初，亭林《日知录》有一条论之，仍以“盈”字避讳为根据而更发挥之：“如唐文宗刻经，凡其上诸君之讳经文皆缺刊，独初唐四君因祧庙而不避讳。刘向《说苑》写‘地道变盈而益谦’，易‘盈’字为‘满’字可知矣，枚乘诗有‘盈盈一水间’，当亦是后人所拟托。”梁章钜《文选旁证》引翁方纲说，谓：“自昔苏李诗，苏四李三，苏题为古诗，并未说明系赠别李者；又李有河梁之辞，与地方形势不同，《汉书》李诗‘径万里兮度沙漠’，可见赠别之地非河梁矣，又‘安知非日月，弦望自有时’，有后会之意，而苏李之别明系长别，则何有此句？又‘嘉会难再遇，三载为千秋’，按二人留匈奴年代考之，乃在十九年左右，乌得云三载哉？合而观之，苏李诗非本人原作，而是合为七首者。”钱大昕《十驾斋养新录》，以为：“七言诗始于《大风歌》及《柏梁联句》，并无五言之体，刘彦和《文心雕龙》亦不敢断案，故五言绝非景武之世所发生，成帝以前之作，当以伪托之作视之为较当。”

综上材料观之，东晋以迄齐梁，但有李陵诗风行于世，并无苏李并称之名，自《隋书》李陵集及钟氏《诗品》列李为上品而不及苏，可知也。唐人尊《文选》，始不甚怀疑，而自宋迄清，则聚讼复起。

（3）班婕妤《怨歌行》，亦见诸《文选》，至《诗品》当作班一家之作，列为上品，以其源出自李陵。发疑者自宋严羽《沧浪诗话》始，谓乐府以此作为颜延年所作，盖所见为唐写本故也。

（4）《古诗十九首》。按古诗之名实肇于南朝齐梁时，凡古诗传诵而作者不明者悉以古诗名之，而十九首之纂集，实《文选》所作俑，盖《文选》中每文之选入必注明首数，此古诗特援其编制之例耳，钟氏《诗品》仍只用古诗之名，而推其源出于国风，其他尚有十九首之外无名古诗，《诗品》称四十五首，今悉亡佚，但存八首，诸诗多杂乱而体格不类，十九首因《文选》之故而独全，余八首则无人理会。《玉台新咏》将十九首之九首题为枚叔之作，《冉冉孤生竹》题为傅毅之辞，故其问题尝为学者所聚讼，今犹未决。

（5）其他的两汉五言诗，诸作皆有确证，非伪托之作。如汉《铙歌十八曲》中之《上陵》一首，班固《咏史》，张衡《同声歌》，赵壹《疾邪诗》，秦嘉《留郡赠妇诗》及答诗，郦炎《见志诗》等。

建安以前五言诗之材料，大致有上述之五类，聚而观之，姑置前人及个人成见弗论，客观论之，此五类诗又可分为两部分，其一为质朴的，如《佳人歌》、成帝时童谣，《咏史诗》等；其二为情韵深长的，如《十九首》《怨歌行》《留郡赠妇诗》、苏李诗等。比较而言，则当以质朴者为早期作品。就文学史立场观之，从五言诗未成体到成体之间之过程，观其变化种种即能言时代之先后。即以《诗经》为例，今所见多系四言，然其中五六七八言亦甚多，可见诗之原作并未十分整齐，后因入乐关系而削足适履成为四言，由清人（王先谦《诗三家义集疏》）三家诗注所引之诗字句参差不齐可证。又经书所引亦多杂言韵体，故一体成定型之前，必经若干参差不齐之形式，最终乃成定型。即以词为例，五代词各调之句字互有不同，南宋而后乃定其格，故五言诗之发展，亦当作如是观。

过去言文学史者，每以《诗经》与《楚辞》为截然不同之两种诗体，至于汉《郊祀歌》中之《白马》，又为新兴之体，而五言诗则又截然与之不同。按《楚辞》之文法常将动词、助词置于句前，如“纷吾既有此内美兮”，故人恒以楚文学为单独之发生者，与诗之四言体无关，实误。此由楚乐不同所致，盖将诗之四言增至七八言，于其四字句外，另加衬字，乃成《离骚》之体。故楚辞之形式实亦源于《诗经》，《九歌》时代最晚，犹可见其衬字变化之线索。

其初当为两字一组，中间加一“兮”字，后乃四字一组外加“兮”字，故“楚辞”形式不得谓与《诗经》无关，如摘去“兮”字，即成四言、三言之词句，迹甚明显，汉之《郊祀歌》亦源于此，独五言诗乃独起之风格。

汉代民间流行之歌均多四言，如高帝《鸿鹄歌》、朱虚侯之《锄非种歌》等是。又有一种三言诗而杂“兮”字其间，如高帝《大风歌》、李陵送苏武诗皆是。又汉代字书如《急就篇》，今读为七字句，实则原本无断句，是依汉乡儒读书之习惯口语，而断成七字句耳。故五言之来历仍无可考。（然《急就篇》每句有韵似又不可解矣）

吾人今欲于现存汉诗材料中寻五言诗起源已不可能，但从《汉乐府》中约略得其端绪，尤其是《相和歌辞》与五言相近，此种民歌自西汉即流行于河北、山东一带，在王莽时已数见之，唯句法尚未固定，故为大雅者所不取。史传“乐府”成立于汉武帝年间，据今考证乃在成帝时代，下迄东汉。“乐府”采诗益多，因入乐关系字句渐趋一定，遂成功五言字句。就乐府诗与五言诗之关系言，约分下列三原则：

（1）汉乐府由杂言变成五言。

（2）故事诗发展为抒情诗。

（3）早期朴质，后增为华饰。

关于第一点，为中国文学史上不移之定理，一种文体在未成体之前必经过音乐之阶段，由音乐进而为整体。普通民谣多同口语，参差不齐，观《周颂》及《汉乐府·铙歌》（如《乌生八九子）》皆可知之；及流行既久，配入音乐，而有整齐之节奏。汉乐府以《相和曲》为第一步，只有节奏而无音调；次而为《清商曲》，为瑟调曲。如《周颂》，初只用钟磬，后乃和以琴瑟。《相和曲》中如戚夫人《舂歌》，虽为五言，但依杵臼声而成节奏，为《相和曲》之初期作物，其后诸曲配以箫管，更为动听，而句法为节奏之故不能不整齐矣。将《豫章行》（纯五言诗）与《乌生八九子》相比，题材全同，而因音乐关系句法遂尔不同。其后由管乐进为弦乐，民谣遂正式变为“乐府”。管乐无泛声，乐止声绝。而弦乐则有泛声（过门），此足以使乐府诗分成若干段，其间以弦乐之泛声相连，故恒见汉乐府中有“分解”之形式，此中发展至少有二百年左右。其初仅有节奏而无乐与之相配，自西汉初迄东汉末，即为“相和歌”时代；汉末，乐府诗成立。由叙事变为抒情，质朴变为华丽，“清商曲”及“瑟调曲”先后成立。以是而论，五言诗之是否西汉之作可知矣。

《文选》所选《古诗十九首》，有的在晋乐府中犹为歌词，如《西门行》之“生年不满百”，即《十九首》中之一段，可见古诗原有由乐府之片段截来者，其时代至少当在乐府成立之后。故五言诗之生命，为北方之民谣而发展为乐府诗，时代约在东汉之末。所谓古诗者，乃晋人收乐府诗时所残余部分，故魏武父子既善五言，又长乐府，持与《十九首》相比，风格意境相去孔迩矣（《诗经·颂》用打击乐，《雅》为笙诗，《风》用琴瑟）。

故苏李诗及班婕妤之《怨歌行》，由上之线索推之，明显地非本人之作，而是汉末人有代古人说话之风气，因而拟制者。

附论：文人乐府

曹氏父子之诗是否能全部入乐？有人主张可全部入乐。唯吾人意见以为曹氏父子有专为乐府而作之篇什，此类当能入乐；亦有自我抒情之作，是不能入乐者。尤以子建之作多抒情之篇章，不一定皆能入乐。自西晋而后，文人乐府与乐工乐府相别，痕迹甚明，如陆士衡乐府之作若干篇，即个人抒情诗而不能入乐者。故今日观《十九首》之可爱，以其不独富于词情，且具有声情之美，两汉五言与魏晋五言之分野在此。而曹氏父子实此风气之转变者，古乐府遂及此而亡。

（二）文气说之由来及其影响

自魏文《典论》之作迄刘舍人之《文心雕龙》，为中国文学理论之完成时代，为前此所无者。中古文学理论兴起，盖自此肇端。

先秦诸子之撰作，个性表现极明，迄汉则作者个性隐于浮躁，魏晋之际，则个性复明矣。何以如此？则为“文气”之所影响也。

《典论》之文云：“文以气为主。”即文气说之首倡者。中国古代文学理论，杂见于《论语》《礼记》各书中。及扬子云著《法言》，将辞赋与著作家分家，然仅分文人之类而已。至班氏著《艺文志》，特列《诗赋略》一项，是则文学初具独立之形势矣。东汉王充于其《论衡·超奇》篇中，分学者为通人、奇人、鸿儒各类，然犹未道及作者与作品之关系。魏文则始以作家与作品关系论文，其源出于汉末汝南许劭之《月旦评》（多七字句），再上溯当受西汉察举制之影响。夫当时善观人者莫如党锢诸贤，迄建安此风气犹盛行于文人之间，故魏文《典论》之作，实袭故法以论文者也。后刘劭作《人物志》，盖亦源于此。由是影响建安时代文人作品与其人格相去不远，中国文学理论自此开一新纪元。

文气说始于建安，其材料仅于二文中见之，即魏文《典论》之文及《与吴质书》，可归纳为四点：（1）文以“气”为主，为文学理论之最高标准。（2）徐幹时有“奇气”，则是以一字形容其气者。（3）孔融“体气”高妙，体气连做一名词用。（4）应玚“和”而不“壮”，刘桢“壮”而不“密”，此不直言气，而以“和”“壮”“密”等字形容气之状况。下迄《文心雕龙》之论文气，其理论之纲领实已大备于建安。

大戴《礼记·文王官人》一篇，为中国最古之“才性论”主张观人之气性以定其官职，西汉已应用之于察举制，如孝悌力田，即是无形中训练乡里观人之风。下及东汉，此风气已养成三四百年，故汉季党锢中人最善于观人之技术，《后汉书》之《郭泰传》《许劭传》，俱可见当时品人之风尚。且《党锢传》中诸贤品人之语，多为世所传诵，如郭泰之以“水”评黄叔度、袁凤高，许劭之评曹操，陈寔个人之遭际，均应验不爽。劭与其兄在汝南，每月举乡里闻人而评之，列榜示众，时谓之“汝南月旦评”，后多为七字句。仲长统著《昌言》，今据其逸文知为言人气质之学。刘劭《人物志》出，则“才性论”正式成立。至魏晋之间，一部分化为魏文“文气说”，一部分成为清谈家之哲学问题。陆士衡《文赋》中尝以一二字评文章之体，即“文气说”之余脉。《文心雕龙》中关于文气者则有下列诸篇：如《风骨》《体性》篇中皆尝引魏文《典论·论文》之语，以为文之成立重在“风骨”，而能感人者则有赖“体性”。列文之体性八种，亦即八种人之性格，由不同性格而写成不同之文体。又有《定势》《养气》二篇，皆自“文气说”推衍而成，故此时可谓“文气说”之完成时代。至唐韩退之起而提倡“文气”（见《答李翊书》），然此“气”近于孟子所谓“浩然之气”，与魏文所谓“才性论”之“气”有别，但有上下相承之一贯趋势。

（三）六朝“文”“笔”分途之萌芽

此骈文、散文分家之问题也。初见于《文心·总述篇》：“世有常言：有文有笔。以为有韵者‘文’也，无韵者‘笔’也。”刘氏曾否认此说。次见于梁元帝《金楼子·立言篇》，以为古人学问分为两类：“仲尼之徒谓之儒，屈、贾之流谓之文。”当世分为四类：一儒，二文，三笔（章、表、书、奏），四文（吟咏风谣，流连哀思）。可见梁元并不以有韵、无韵而分“文”“笔”，乃以应用文与美文对举，故《南史》中评人往往谓其“文笔”如何、“辞笔”如何、“诗笔”如何。清阮元作《文言说》《文韵说》，其子阮福作《文笔对》（并载《研经室集》），为综合前人“文笔学说”之材料，而作综合之研究，以为文学定义之拟定。

建安文体说——《典论·论文》：“文非一体，鲜能备善，是以各以所长，相轻所短。”其中又分为书奏、论议、铭诔、诗赋四类。下逮陆士衡《文赋》与刘氏《文心雕龙》，中国文体分类可谓大备，今之所分犹未逾其范围。

“文笔分途”之溯源——《史记》。各家《列传》每言其人之著作，必举篇目而言，而不言某书，全书凡三十余条作如此称，可见史迁时代不仅“文笔”尚未分途，即总书名亦少言之。另一类记述如孟子与万章之徒著书七篇，及老子著《道德经》五千言，此又只言著书之概略，并无题名。又如《司马兵法》。《孙子》十三篇，则有书名矣。又有只言书之字数者，如称荀卿著书，万言而足。至《汉书》则举人著述已有题名，如《董仲舒列传》之列其所作书名，东方朔亦然，而《贾谊传》则只举其篇名，无总书名，只《严助传》例外，称“乃作赋颂数十篇”，此时“赋颂”特别提出已异于《史记》，《艺文志》中甚至特列《诗赋略》一类，赋有四家，诗有歌诗，此处代表西汉末、东汉初人已将诗赋与文章分家。王充《论衡·自纪篇》已将诗赋正式分家，分文章为口论、笔辩、吏文、赋颂四类，可见“笔”之一字，东汉时已有之，当时乃与“口”对称。故至王充，文体由模糊而趋于分类，诗赋因之而独立，魏文《典论·论文》之分类说，盖本于此。陆氏《文赋》则分文学为十类，比较此十类与魏文之四类，则魏文前二类为“笔”，后二类为“文”；士衡则前七类为“文”，后三类为“笔”，可见当时“文”超过“笔”矣。魏文时将奏议置于前列，诗赋殿后，则韵文价值并不甚高；士衡则举诗为冠，赋次之，诚非偶然之现象。“文笔”地位之颠倒，盖始于此。至范蔚宗作《后汉书》，则“文笔”之势定矣，每言人之著作必先举诗赋、碑诔、铭，而次以论说文殿焉，故此时“文笔分途”之势已定，但无定义耳。至刘氏作《文心雕龙》时，记当时“文笔”定义云：“有韵者‘文’也，无韵者‘笔’也。”彦和颇反对此说，然其《文心雕龙》亦以文居多，“笔”仅变为十之二三，降为附属地位。

《文选》编排，首列赋类，盖亦受此风气之影响者，故魏文《典论·论文》实为重大之关键。

“文笔”之差别是否以有韵、无韵分，清人曾聚讼之。在楚辞尚未盛行于西汉时，文学中只有诗、书之分。有韵者，诗也；无韵者，书也。迨楚辞北传，乐府诗亦起，而诗已变为经，故汉代楚辞与乐府为单独之流行物，以至于东汉是为“文笔分途”之暗流。由战国以来策士之风，转为西汉之赋，至东汉而成立颂赞、碑铭、诔箴，二者合流，乃成六朝之骈文。夫颂赞之成立，盖源于《诗经》。因当时诗在社会间势力未衰，而其本身价值已高，故作者取法不能不别面目，以别成一格，而加以散文之叙述。张衡、蔡邕皆大作者。故“文笔分途”，其源实远。而颂赞实赋与骈文之桥梁，化无韵之文为有韵之散文，汉文与六朝文在此分野。散文为取得颂赞之情韵，不知不觉成为四字句，后加六字句以调和之，乃成六朝之骈文。骈文其情韵独特，既无韵，又不同其他散文，故亦可列于文类，彦和之反对有韵为文之立场在此。

（四）东汉三国口语之面影

今日关于古代文学之研究，成就在语文方面较多。六国时，言语异声，文字异形，如楚之谓“虎”为“乌菟”，今之《越人歌》乃汉人所翻译。当时周代之国语，或即

《论语》中所称雅言者是也。此雅言当时各国必须采用，故观战国诸子之著书，或门人之语录，其文法大多相同，相去不远，可见当时“国语运动”之规模，文人因而习用之。唐宋人所谓“古文”者，即此类也。然当时口语仍极发达，但未笔之于书耳。后扬子云作《方言》时，犹存当时方言口语之一部分。孔子谓“车同轨，书同文，行同伦”，此中国所以形成统一之局面也。周以此统一文化，以文化统治不同民族，故孔子盛赞之。吾人今可由口语之统计，而比较其与文体有若何差别，又可比较出建安文学与口语之相差若何。盖自建安而下，文章愈与口语相远，遂成骈文之章法，唐宋人不得不倡复古之原因在此。

关于口语用于“文笔”间者，《史记》《汉书》中常有之，或为帝王之口语，或为帝王之私诏，或为民间之家书。此事两汉尚少，东汉光武而下，则口语表现于文字者渐多，下迄三国，此时期材料有十余条可供参考，如魏明帝《谕曹植书》，又如汉乐府若干篇皆是。自此下逮隋唐，其口语存文字间者，多在私人家书、民间歌谣，或太后口谕中。东晋名士如王羲之《遗殷浩书》，陶渊明《与子俨等疏》，皆近于当时口语，与建安时文士之故作铿锵调者不同。由此即说明骈文之来源并与古文无关，而是源于《诗经》及两汉辞赋，与口语日趋日远，以自成专门技术之文体也。

五、正始玄风

此本哲学史问题，然其对于三国以后文人之人生态度影响滋大，故举而论之。

俗所谓“清谈家”乃笼统之名词，实则西晋“正始”之谈玄者，固不同于三国末之“竹林七贤”，唯后此两派均有势力，而以“正始”清谈派势力为最大，因卒转成哲学之风气。

孔子曰：“其人存，则其政举；其人亡，则其政息。”自建安诸子慷慨使气、磊落恃才之态度不适用于魏晋之间，此辈文人不复能扬眉吐气。求富贵者，必归依政治势力之下；不求富贵者，亦不敢“月旦”时局，乃放浪形骸，游心玄妙，作超实际之理想，此“竹林七贤”之所从出。渠辈既不能如建安名士之趾高气扬，又不愿如西晋名士之寄迹于权门，故形成变态之人生观，吾人名之曰“旷达”，然与“正始玄风”异趣。两派中以前影响最大，渊明即承此而为嫡系；而乐广之流，则守何、王之正统，转为纯哲学矣。

何晏、王弼诸人学术思想之材料，主要者见于《魏志·曹爽传》《晋书·钟会传》，及王注《老子》、何注《论语》等。

文人至此而风气一变。表面观之，何、王似难逃破坏士气之罪；而自内深察，则是政治影响所使然。在行为方面说，何晏、邓飏为一派，王弼则以早夭（廿四岁）故较何、邓为佳。按何本何进之孙，后其母为魏武所收，遂长于魏宫。文帝疾之，号曰“假子”。故何实一富家子而好老庄之学，夏侯玄、邓飏皆与之同派，明帝时皆不起用，至齐王芳即位，曹爽执政，数子乃得抬头，互相标榜，以玄风相尚，为党锢之遗风。自数人起，老庄、《易经》遂为时所重，所谓转移风气者以此。何尝注《老子》，见王注而尽弃之；乃别作《道德论》，今不传。其文传者甚少，唯《论语注疏》行世。王弼事详《晋书·钟会传》。少好玄谈，尝见裴徽，徽以“无”问之，对曰：“‘无’为圣人所体会到者，但不可言传，故不常言，《老子》全书虽是谈‘无’，其实是谈‘有’。”徽大叹服。何晏因而思纳交之。傅嘏又常与之谈圣人有无喜怒哀乐问题，王今犹有论此类问题之短文传世。大致观之，何、王可归为一派，盖同出自老庄、《易经》者，以今言之，即所谓形而上学也。傅嘏、钟会、荀粲三人又为一派。傅事详《魏志·王粲传》，当时傅对何、王之行为颇持异议，劝曹爽勿用之。其持论与何、王异者为才性同异，至晋称为“四本论”，即分人才性为四范畴，傅、钟尝细论之，钟辑而成《四本论》。荀粲虽哲学不如钟、傅，而以反对何、王之故遂成同契，其事见《魏志·荀彧传》。粲长于谈“象尽意论”。数子中，王最早夭，荀死年廿九，钟死于三十岁，故人恒谓《四本论》为钟会所辑成。钟主"《易》无互体"（"互体"旨为一卦可演数卦，并与他卦相通）。明上述诸人之生活态度及学理，可知其与阮、嵇之异，此"正始玄风"所以异乎西晋清谈者也。

总之，诸子以时代之影响不敢正面讨论政治问题，乃避而讨论超人生问题，此其相同之处。至于生活态度，则傅、钟等犹有东汉士人之风，余子则为魏晋玄风之始。

附论一：刘劭《人物志》

刘劭年较早于荀粲，建安时既已出仕，其《人物志》之来源与钟会《才性论》（《四本论》）相同；但不同之处在钟作乃士子私家著述，不与政治相涉，而刘于明帝时为都官考课，其著述与九品中正相关。盖东汉察举制既生流弊，魏乃立中正以救察举之失，并立都官考课以观察官吏之成绩，劭官于此，乃将此类考核评语汇成专著，即《人物志》是也。《魏志》载凡三卷，今传十二篇，实名家而兼儒家者也。至今犹可借以应世观人，颇值一读，连带引起魏文之"文气说"——说明作者与作品之关系。

附论二：论阮籍嵇康

阮嵇之事，最早见于《三国志·王粲传》注，"竹林七贤"之名盖起于此。竹林从何解释，颇有异说。其次见于《晋书·嵇康传》，复见于《世说新语·排调篇》，再见于《山涛传》，又见于王戎、阮咸、刘伶诸人之传。由此种种之记载，遂成七贤之定名。然自诸人年代先后、出处时代排定，知七人并未同时宴饮于竹林间，故竹林说既未定，而七人同饮事又无考，而世传“竹林七贤”之名，实不甚通。

以年代排比来说，山涛之年最长，王戎最幼，自山生迄王死，为时整整百年，其文学光芒亦随时代俱灭，今略论七人于次：其生卒年月可考者有山涛、阮籍、嵇康、王戎，而向秀、刘伶、阮咸三人则不可知。

七人中唯阮籍当时为世家，盖陈留阮瑀之子，为曹氏所育养成人。及长，适司马氏执政，爱才而多忌刻，非阮出不可，故阮以委屈终其身。其性刚直而有抱负，乃不能不过变态生活以求避祸。其学问以儒家为骨干，虽亦研道家之学，然非其本心，观其家书告子勿学阮咸之纵诞可知矣。行为极谨慎，口不臧否人物，或闭户读书，数旬不出；或登山临水，累月忘归；或率意独驾，车辙所穷，乃恸哭而返，卒得保首领以殁。

嵇康幼依母氏，其性娇生惯养，及长，见世事不可为，乃隐去，而朝廷特征命之，不得不出，且以婚于曹氏而得为世家，因托故退隐而韬晦，平居与吕安、山涛相近，互相标榜。及山出仕，嵇作书与之绝交。其后吕安为其弟巽所告，以不孝罪入狱，株连及康，并遭杀戮，此事甚怪。考其受祸原因，当别有隐情。康素好为《广陵散》，袁孝尼欲得其传，而康故作神话以拒之，故临刑深致歉惋。据今人考证，知其曲所奏即战国聂政刺韩傀之故事，曲中有杀伐声，康盖借此以寄意，终成丧命之由。自《养生论》观之，其思想较阮为近于道家。

山涛为显官，提拔人才甚多，故为一代士子领袖，学问无多表现。

王戎性极鄙吝，勉强配入七子，思想无多表现。

刘伶如不与七贤游，则可以入《隐逸传》，盖隐于酒者也。

向秀最大贡献为《庄子注》，后为郭象所窃，故今无《庄子》向注本传世。

阮咸思想与乃叔同属儒家。

七人中唯嵇、刘、向三人为道家，余均为儒士。

七贤有下列诸特点：（1）任放。（2）慷慨。（3）淳厚——七贤皆热诚忠爱，与清谈家之浮纵其情根本不同。（4）好老庄家言——清谈家为口头之说白，而七贤之任达则以为陶情之学。或曰清谈家好易老，任达家则好老庄。（5）耽酒——七贤除嵇康外，皆嗜酒，山涛饮八斗方醉。凡受道家影响者，不好饮酒而好服食；故清谈家多好服食而不甚饮酒。（6）好音乐——清谈家不甚好音，任达家则好之。如阮籍善啸，阮咸善弹琵琶，嵇康善弹琴。以此标准可评定两晋名士，如其好音乐者，必近于竹林名士，于天下国家尚有抱负，如谢安即是。（7）韬晦——七贤皆有自知之明，非不得已不出，甚至不妄交游应对，与清谈家之急于仕进者大有不同。（8）周谨——任达家表面似甚放纵，实际则甚谨慎，如阮籍口不臧否人物，喜怒不形于色，故所谓放达只是末节，此所以异于清谈家者。而嵇康之遭祸，实由于周谨不及所致。以其尝于锻炉前轻忤钟会，由是结怨。今观其诫子家书，固周密极矣。故阮之得保首领，山之得久在官，皆以此故。（9）遗世——阮有《大人先生传》，嵇好道术，皆遁情世外者也。（10）自忏——刘伶之外，余皆自忏，嵇阮之诫子家书可资佐证。

在西晋潘、张、二陆未起之前，当时学术仅上述两派，故产生名理持论之文学。后两晋名士之生活风格及兴趣，全是任达派之流裔，在文学上亦承任达之风，故论此时文学，首当注意其生活态度，然后再观所反映之文学。此时文人之心性犹相去不远，晋以后则日趋日远矣。

六、三国之子书

关于三国子书，吾人当不如两汉重视之，《文心雕龙·诸子篇》可为总序。两汉以来，单家之子书已少，多杂数家思想而立言。东汉子书著论范围较广，如仲长统《昌言》、王充《论衡》，凡政治、文学，及读书态度等无不道，持论过杂，个性不甚显著。至三国而子书分成两类，一类为作者立志自成一家言者，如魏文《典论》、徐幹《中论》是；另一类为笔记体，传者甚少，今就其有传书者论之。

《后汉书》颇有意将后汉子书家列成一传，如将王充、王符、仲长统列为一传。王充享年八十余，除少年出仕外，余时多居故乡上虞。两汉儒生多为经义所束，思想极不自由，而充居江左，故思想极新，遂开一代风气。蔡邕避难居浙十二年，抄《论衡》数十篇，后入长安，置之枕中，秘不示人，而人觉其学问大有长进，可见《论衡》价值之重要。王符之书，除政治、社会问题之外，余无多立论，以其切实，故能流传。仲长统按时代言与荀悦同时。悦，颍川人，亦代表北方学者，作《申鉴》五卷，传附于《后汉书·荀彧传》中，其书今略有残缺，大体犹全，亦多谈士气、社会风俗诸问题，可代表东汉士子著书之习气。仲长统著《昌言》。其人死于建安廿四年（较建安七子之死为晚，其后二年，魏武卒），为荀彧所举为尚书郎以佐魏武。原书三十四卷，都十余万言，今已不传，《后汉书》本传全载其文三篇，其余诸作面目已不可见矣。曹丕之《典论》亦子家言。据丕之《典论·论文》及《与吴质书》，可知当时士人莫不以能著子书为高，故子桓亦不得不有所著论。惜《典论》百篇（《与吴质书》皆在其内），其总目与详情已不可见，唯由《三国志》裴注知魏文对《典论》极为珍惜，尝以布帛书二份贻吴大帝及张昭，又刻六碑立于太学，北朝之末六碑全失，至《隋书·经籍志》犹存《典论》一卷，实情亦不可知。今《典论·论文》乃《昭明文选》所载，其实亦为节录而非全璧，余则散见《三国志》裴注，所以严可均集《全汉三国文》中犹存五十篇，中《典论·

自叙》一篇亦颇重要，盖仿自《论衡》体例，为子桓自叙其学问怀抱者。按五篇考订，其书当成于建安廿五年。东汉以前，著书者多学先秦诸子，以荀子势力为最大。自《论衡》北传，风气一变，不仅有质，而且有文，此后世子书与笔记不能区分之滥觞也。

徐幹《中论》，魏文极称之，《与吴质书》中称有二十余篇，然据无名氏所作《序》则称约共二十二篇。今存二十篇。王粲与子书中亦极力称赞之，可见此书在当时已成显学，故少亡佚。粲书曰："其有所是非，则托古人以见意。"此盖言幹书非徒托空言，乃有见于当时社会实际情形而立论，故欲研究东汉季世之社会问题，此书不可放过。其首章乃讨论治学者。考其思想来源凡三：治学之言法荀子，论政之作似管子，关于社会问题诸作则近于杂家。

此外，曹魏之子书有刘廙之《政论》，《隋书·经籍志》列为法家，存五篇，严氏辑《三国文》得八篇，内容论政多于治学。又有蒋济之《万机论》，原八卷，后亡，严氏辑得一卷，《隋书》列为法家，为儒道兼杂之思想。再有任嘏《道论》（任为子建门客）原十卷，今亦亡，严氏辑得一卷。其次为桓范之《世要论》十二卷，梁分为二十卷，《隋书》列为法家，今亡，严氏辑得一卷，其文近于管子，亦有言学术者。其次为杜恕之《体论》四卷，又有《笃论》，当时是否为一书不可考，亦法家言。严氏辑《体论》一卷八篇，《笃论》一篇。再有阮武之《正论》，严氏辑存一卷。

蜀在三国中学术极贫乏，可举者唯诸葛亮一人，虽无子书专著，唯陈寿称其教令奏章，多有可观，时人极珍视之。《三国志》本传载篇目二十四篇，凡十万余言。与战国诸子相较，三国诸子言行一致足与先秦诸子抗衡者，唯徐幹与诸葛亮而已，盖为行而后言者也。武侯之思想亦代表北方风气。

后人对武侯之一极大误会，以其好为《梁甫吟》，今古诗中犹存此篇，乃赋二桃杀三士者，武侯既好吟之，殆必以晏婴自命无疑，所以为大阴谋家，其实不然，盖其平居恒自比管、乐，而未尝及晏婴也。

武侯尝有《诫外甥书》云："夫志当存高远，慕先贤，绝情欲，弃疑滞，使庶几之志，揭然有所存，恻然有所感；忍屈伸，去细碎，广咨问，除嫌吝，虽有淹留，何损于美趣？何患于不济？若志不强毅，意不慷慨，徒碌碌滞于俗，默默束于情，永窜伏于凡庸，不免于下流矣。"又诫子云："夫君子之行，静以修身，俭以养德，非澹泊则无以明志，非宁静则无以致远。夫学须静也，才须学也，非学无以广才，非志（疑静）无以成学。慆慢则不能励精，险躁则不能治性。年与时驰，意与日去，遂成枯落，多不接世，悲守穷庐，将复何及。"可见其素志之一般矣。

武侯之好《梁甫吟》，可有三点解释：（1）知汉势已去，王业不能重建，乃咏歌以寄霸图之思耳。（2）亮为山东人，《梁甫吟》本山东民谣，故好之。（3）居隆中已见三分天下之势，其《隆中对》实即一生之政治主张，故劝先主入蜀自主，联吴以抗魏，今之《梁甫吟》显系伪作，二桃杀三士句尤为无稽，不称武侯一生之志节。今由其《诫外甥书》《诫子书》中可见其修养之深，允为三国子家中特秀之士。晚年作《出师表》，死时上后主书云：“不欲有遗财以负陛下。”其高风亮节、清廉耿介，又非当代名士所能及也。

其余蜀之文士有秦宓，当时在蜀颇负文名，文学理论亦佳，故《文心雕龙》中尝称引之，惜无专集传世。

吴之子家最弱，有顾谭著《新言》，诸葛恪著《诸葛子》五卷，存于《全汉三国文》中者一卷，余皆亡佚，如陆景《典语》十卷，《典语别》二卷，姚信《士纬》十卷，《新书》三卷，周昭《周子新论》九卷，张俨《默记》三卷。

吴之文士有薛综曾辑《汉赋》，自己亦能赋，所存者少。韦昭专治史书，有《国语注》行世。此外有华覈、闵鸿等，不甚著名。又有杨泉者著《物理论》，为笔记体而非子家言。

第二讲　元康文学与过江名士

一、中朝文士与洛下文风

旧日文学史之编辑多以个人为主，但往往忽略二点：（1）忽略时代背景。（2）忽略文体之演变。本段以文体为纲，于个别文人则略述焉。所谓中朝文士与洛下文风，乃指西晋而言，为时五十年，较三国时间为尤短，然文风之盛，文士多则过之。此五十二年中文士生活可分为两大趋势，前期为依权臣而生活者，后期为依诸王而生活者，又可分为九单元言之。

魏末晋初，竹林名士之风日衰，骨气之士日少。自武帝泰始八年始，帝纳贾充女为妃，充为国丈，凡十年之中，而文士萃于贾氏一门，计有荀凯、荀勖、冯统等，只山涛、嵇绍（康子）二人犹存竹林余风，不俯首权门，此为第一单元。

第二单元自惠帝永熙元年迄元康元年，凡二年，执政者为太傅杨骏，西晋之文士始露头角，而多出于杨氏之门，如傅玄、孙楚皆是，此数人均为骨鲠之士，此时名士风气虽衰，然据传傅、孙对骏之行为犹数有规谏。

时广陵王遹盛招门客，多清谈之士，如何劭、裴楷、王戎、张华、杨济、和峤之辈，为西晋清谈家之萌芽，是为第三单元。

自杨骏之诛，贾谧继起，西晋文士乃蔚然称盛。贾门有所谓廿四友者，如郭彰、石崇、陆机、陆云、潘岳、挚虞、左思、牵秀、刘舆、刘琨等，事见《晋书·潘岳传》及《贾谧传》。廿四人名已不可全考，数人以郭、牵较为无名，二陆为南人，挚则较恬淡，左为外戚，中以二刘为谧客时间最短，石、潘最为媚附，有拜车尘之传说，文行不符之病兆于此矣，开南朝文士之风。此为第四单元。

元康七年，王戎为司徒，风气一变，其素日亲故皆集于门下，西晋清谈家至此而一抬头，有阮瞻（咸子）、王衍及弟澄、阮修（咸从子），乐广、胡母辅之、谢鲲、王尼、毕卓等，此包括清谈与任达两派之人。诸人未尝一一出仕，但时负高名而已。此为第五单元，为西晋文士集团之最高峰。

贾后执政期间，有张华、裴頠、贾模皆掌要职。永康元年，赵王伦诛贾后，起八王之乱，时局最不安定。西晋老辈文士凋落殆尽，文士依附权门者少，转而至诸王门下求生。此为第六单元。

其后齐王冏、成都王颖起兵讨赵，中以齐王搜罗人才最多，有刘殷、曹摅、江统、荀晞、张翰、孙惠、顾荣、王豹、陆机、陆云等。西晋初年南方文士较少，及八王之乱，南方文人渐不能立足于北方，故张季鹰（翰）托秋风莼鲈之思而南归，二陆不能见机，乃卒被杀。自此后纯文人无以自立，必带政治家之作风乃能用世，开东晋文士之风，此为第七单元。时为永宁元年，齐王冏为大司马，后冏多行不法，门客乃散，此期为时仅三年耳（按：三国时以地域之限，江左之人多不能入北，故西晋时人才仍以北人为多，大率出于鲁、豫、晋、冀等地区，而南人入北者多被认为化外之人，二陆为张华所赏而致仕实为特例，然终以不见机而致死，顾雍尝劝之，仍不自觉，由此可见季鹰秋风莼鲈之思殆有托而逃者也）。

永兴元年，东海王越征服成都王颖，重迎惠帝，而已为太傅，门下多名士，以庾凯为军中祭酒，此外有胡母辅之为中郎，郭象为主簿。阮修、谢鲲等为王戎之友，郭象属何、王一派，胡母辅之等属阮派，史称此辈多纵酒酣饮，不拘礼法，五胡之乱已渐萌芽，此为第八单元。

永嘉元年，琅邪王睿镇建业，为南渡之开端，时王导专政，北方名士尚未过江，而琅邪门下需才孔急，乃就地取士，贺循、周玘均为睿之所罗致，而卞壸、刘超、张闿、孔衍皆南人而得抬头。北方自东海王越卒，政治中心瓦解，及石勒陷洛阳，睿正位建业，而政治中心南移矣。睿门客大增，有庾亮等人，此时文人或专致力政治，以图复兴；

或沉湎清谈，无为自守，故东晋一代文章特少，此第九单元。

在政治方面，西晋颇似西汉，宗室之权极盛，而文章则似东汉。南渡之后，帝位成虚，武人揽政，权臣篡夺相寻，为西晋所未有。故西晋文人多集中于朝廷或诸王门下，至南渡以来则附于权臣，个性更无由发展。又西汉人才多用选举制，下迄三国西晋不绝，而东晋则尚门阀，以北人南渡者多轻视南人故也。此风逮隋始行转变，隋唐以后，则内乱较少，人多集中力量与异族争矣。

此处有两个问题可以提出：（1）文人籍贯问题。西晋文士北人占百分之九十九，且以河北人最多，如张华即范阳人，其次为河南人，再次为山东、山西人。又放达派多河南人，清谈家多山西人，何以有此鲜明界限之划分则不可解。欲明隋唐学术思想渊源，当从此处寻索。（2）文人笔下所写作品之讨论。西晋文人以张华、傅玄为首，次有三张、二陆、两潘、一左。愈近西晋初年，愈尚辞风；愈近西晋末年，则理文大盛。文笔不必为一人所兼长，西晋文人其笔作非议礼则论政，议礼文、丧祭文又占十分之五，此现象说明二事：①子家言之析散，盖人有所见则往往入于奏记以议礼论政，故有系统之著作不复多见。又因儒风丕振，故多议礼之文，道家则尚清谈或注书。②天下一统，宗法事盛，故丧祭文特占重要地位焉。西晋文人凡能作赋者乃能称文人，能赋者，又必善作韵文，此文笔分途之标准，至陈隋而不绝。故西晋五十二年之文风凡三派：其一为笔，以议论为主；其二为文，以诗赋为主；其三为书札，以口语为主。

二、元康名士

《世说新语》称中朝名士以别于过江名士，中朝名士以王戎为首，盖年长故也。但清谈与任达二派，仍各自独立。

（一）论王衍乐广及裴卫

王衍、乐广、裴楷、卫瓘、卫玠（王敦、谢鲲、庾凯、阮修为衍四友）、王澄、无逸、胡母辅之为清谈派，以衍为首领。

（二）陈留阮氏之一家风范

阮瞻、山简、毕卓、王尼、阮放、桓彝、阮孚为放达派。

两派在三国末即有分势，至西晋而益显著。其同点有四：（1）出身世胄。（2）少负高名。自三国以来，敬老之风息，每喜提拔英俊少年，终南朝此风不绝，至唐宋而设神童之科。（3）通《易》、老、庄。前者仅高谈理论，尚

《易》、老，后者多施诸其生活行动：尚老、庄。（4）善谈辩，每以语言倾动当时，所知则抵掌高谈，不知则默然也。其异点亦有四：（1）清谈派重识量，放达派贵超旷。识量即远识雅量，其失在伪；超旷即超脱旷达，如王尼无家而居牛车，以沧海横流无所归宿也，有自得之乐，性极恬淡。（2）清谈派重博学，放达派贵默识。前者诸人之传多记其能渊博典籍；而后者则读书仅默志其要，渊明称读书不求甚解，盖此派之遗风。（3）清谈家重风标，放达派贵通脱。前者自何晏以来即如此，裴楷有玉人之号，其风范动人可知；后者自阮嵇以来即佯狂纵诞，披发自恣，故乐广嘲之曰："名教中自有乐地，何必乃尔?"（4）清谈派或服药致疾，盖服散足以美容，后文人服散者多属此派；放达派皆纵酒嗜音，渊明不解音而蓄无弦琴，盖其来有自矣。

三、江左门阀与旧家王谢

自东晋南渡，终南朝之世，其文学发展，几成几家门阀之私家文学史，尤以刘宋迄萧梁之间世家文学蔚为大观，此风自东晋萌其芽，宋齐梁则如日方中，及陈乃有平民崛起。此处特提出二点，并不以东晋一代为限。

（1）江左之旧门阀可提及者凡十六家，即琅邪王氏（别有太原王氏）、陈郡（阳夏）谢氏、吴郡张氏、南陵萧氏、陈郡袁氏、东海王氏、彭城到氏、吴郡陆氏、彭城刘氏、东莞臧氏、会稽孔氏、庐江何氏、汝南周氏、新野庾氏、济阳江氏、东海徐氏，在南史有文名者多出此十六门阀中，唯张、陆、孔三族为江左旧第，余均北迁来者，较江左人易于成名。

王谢为十六家中之旺族，有特殊风格标出诸族，使人莫敢比并。《南齐书》卷卅六《陈显达传》，记显达昭其子言："麈尾是王谢家物，汝不须捉此自随。"可证当时王谢家风之殊致。琅邪王氏之盛，盖由渡江时王导之为大将军，开东晋百五十年基业，故此族纯为导之子孙，其曾孙为僧达（宋），又有王微亦宋名士；在齐有王融、王籍、王俭、僧绰、僧虔；在梁有王规。《南史·僧虔传》："甲族由来多不居宪台，王氏分支居乌衣巷者，位官微减，僧虔位此官，乃曰：'此是乌衣诸郎坐处，我亦可试为耳。'"王志（梁）《南史》本传："家居建康禁中里马粪巷，时人称马粪诸王为长者。"志从子筠（梁）《与诸儿书·论家门集》云："史传称安平崔氏、汝南应氏，并累叶有文才。所以范蔚宗云：'崔氏雕龙，然不过父子两三世耳。'非有七叶之中，名德重光，爵位相继，人人有集如吾门者也。沈少傅约尝语人云：'吾少好百家之言，身为四代之史，自开辟以来，未有爵位蝉联、文才相继如王氏之盛也。'"虽自赞之词，唯按当时情事实亦如此。《家门集》自东晋迄梁凡百余人，中占文学史地位者亦二十余人。王氏家风尚俭约、重读书，与谢家之尚才华、重奢宴，疏狂傲世如灵运者不同。

阳夏谢氏自谢裒（晋太常）始，其第三子即谢安，于南渡颇具功绩，故其族滋盛焉。余有瞻（宋）、晦（宋）、微（梁）、综（宋）、朓（齐）、惠连（宋齐）、灵运（宋），其孙为超宗、密（梁）。《南史·本传》："所继叔父锟，风格高峻……尝共宴处，在乌衣巷，均谓之乌衣之游。"他如谢庄(宋)、朏（齐梁）、显、瀹（齐）、览、举（梁）、嘏、侨（陈）皆为同族。王谢二家，王家近于学士而谢家多文人，王氏在梁已渐式微，而谢氏则至陈代不绝。

吴郡张氏有张永（宋）、率（梁）为最有名。

彭城刘氏有刘缅（宋）、孺、遵、苞（齐梁）、绘（梁）与范云齐名，子孝绰，盛名播及北朝。刘氏文风亦盛，知名者凡七十二人，各有专集，今已不传，唯王氏可与相比。

彭城到氏有沆、溉、洽（梁）三人，盛于梁武帝时。

吴郡陆氏有陆隥（齐）、倕（梁）、厥（梁），文集亦多，仅次于刘氏。

汝南周氏有周颙、舍（梁）二人，于四声八病之发明颇著功绩。

庐江何氏有何尚之（宋）、偃、胤（齐），好佛，有隐士风。

陈郡袁氏有袁淑（宋）、昂、枢（齐梁）三人。

东莞臧氏有臧焘（宋）、严、荣绪（梁），长于经史。

济阳江氏有江蒨（梁）、禄（梁）、总（梁陈）、淹

（梁）。

南陵萧氏齐梁二主皆出焉，梁王一家别有专论，不著于此，文学士有萧思话（梁）、介（宋）二人。

会稽孔氏有孔琳之（梁）、稚圭（梁）与江淹齐名。

东海王氏与琅邪王氏非一族，有王僧孺（齐）。

新野庾氏有庾肩吾（齐梁）、信（梁周）。

东海徐氏有徐勉（梁）、摛（梁）、陵（梁陈）。

至庾氏、徐氏之盛，已是南朝末年，故庾子山与徐孝穆实结束南朝文学者。

（2）非士族之文士在宋有颜延之、傅亮、范晔，齐有鲍照，梁有吴均、范云、刘孝标、刘勰、钟嵘等，均不出于士族。由非士族文士之增多，可见门阀制度之衰落，平民文士代兴，因有隋唐科举制之创立。

四、元康文学

（一）山水文学之肇始

此题主旨在说明谢灵运诗风格之来源，盖其影响隋唐文学至大。试读《诗经》，北方文士对客观风景之描写使独立成一单元者实不多见，乃附于事中杂言之，故《诗经》终不能发展成赋。而楚辞则重大量描写，此是南方文学之特点，因变而为汉赋，形成字典式的赋体，而客观描写又绝。唯地志书记山川，迄西晋而无正式山川文学产生，即此之故。

在谢灵运以前完全写山川之诗极少，文章更少，欲求此类材料，东晋之前唯二路可循，其一观记述山川之书，其二观描写山川之文体。《隋书·经籍志》记地理之书凡百三十余种，可分为十类：（1）记山水虽加入故事，然少描写风景，如《水经注》。（2）记都邑，如陆机《洛阳记》、盛洪《荆州记》。（3）述行，为后世游记之始，如戴延之《西征记》。（4）记风土，如周处《风土记》。（5）记域外，如法显《佛国记》。（6）神异记，如《十洲记》（托为东方朔撰）。（7）总集，如陆澄《地理书》，乃集他人关于地理之记载而成之抄本。（8）记寺塔，如杨衒之《洛阳伽蓝记》。（9）图经，如无名氏《周地图记》。（10）记物产，如许善心《方物志》。由以上十类可得一结论，即其著书目的在于实用而不在欣赏景物，近于历史者多。再自三国迄西晋之末，观其文人单篇之山川描写多用赋体，用散文描写者绝少，唯用赋之弊在观察不深，喜叠用前人旧句，其欣赏风物之程度实甚肤浅。至东晋而散文之记以出，如王羲之《游四郡记》、慧远《庐山记》，但仍自地理书蜕化而来。再有一种不是单独成篇，而是在诗序中夹入描写，将诗可能之情韵移入文章，而终未能独立，如王羲之《兰亭集序》是也。

南方山川远胜朔方，故自晋室南迁，北人乍见此景，不知不觉自口头加以描写，后移入文字，然用韵文良多拘束，不足以容其新创之词汇，故有散文记之产生。至谢灵运乃回头将山川之描写入于韵文，故能卓然成家，然犹时见其笨重处。迄惠连、玄晖而日有进步，工而弥巧矣。其后有鲍照《芜城赋》、江淹《江上之山赋》《哀千里赋》，又将山川情趣移之于赋，然已非西晋之旧格。其始山川之散文描写多夹入当时文人之书简中，始鲍照《登大雷岸与妹书》、吴均《与宋元思书》，至齐梁而山川之描写文大备，《文心雕龙》有《物色篇》，即论此问题者。唯极盛之后，终以衰落，盖文人专事物色之描写，徒托空言，毫无情韵，深为简文帝所嗟叹。故就发展大势而观，有情有韵、文质相称者，唯灵运一人而已，其势迨唐世而不衰。

（二）书法和书论（音乐图画理论附）

中国艺术理论之发展，以音乐为最早，如《礼记·乐记》已是最高之论。两汉之际，无多发展，三国时文士开始以音乐比方文学，如魏文帝《典论·论文》、陆士衡《文赋》皆是，故以音乐入文学理论者，自魏晋始。图画理论发展最晚，自现存资料考之，至三国时犹未脱故事画之范围，故至西晋初年中国画犹是故事画时代，而理论亦无从产生。迄乎东晋，渐有山水楼阁之点缀，至梁而人在画中始渐缩小，理论亦渐产生。产生不早不晚者为书法，肇于东汉，而完成于东晋。

汉魏时书法有蔡邕之篆势、隶势，钟繇隶书势，刘劭飞白书势，晋有王羲之《用笔赋》，又与人书曰："须得书意转深，点画之间皆有意，自有言所不尽得其妙者。"书论方面则有羲之《题卫夫人笔阵图后》、王献之《进书诀表》、卫桓《四体书势》、成公绥《隶书体》、索靖《草书状》、宋鲍照《飞白书势铭》、虞龢《上明帝论书表》、齐王僧虔《书赋》句有"情凭虚而测有，思沉想而图空"，可为书法名言。

梁以后之书法书论渐少，自蔡邕迄西晋之末，中国文人开始注意写字，然其时但注意体势而已，于其他艺术元素尚未加入，此皆在王羲之以前，关于写字前之修养、心境皆不甚注意。至王羲之出而势意并重，艺术之内容乃臻丰富，王僧虔《书赋》盖仿《文赋》而作者。至此，中国书法与书论已打成一片矣，且通于文章之道，文人往往以书法书论入于文章，故《文心雕龙》有《定势篇》，即受此影响而然者。齐梁文学理论，实侧面受书法书论之赐。

援引音乐理论最早者自魏文帝《典论·论文》《答繁钦书》始，其后有孙该《琵琶赋》、杜挚《笳赋》、阮籍《乐赋》、嵇康《琴赋》、晋王廙《笙赋》、傅玄《琴赋》《琵琶赋》、孙楚《笳赋》。上举诸论，一部分固层层相因，一部分乃文人擅于乐理者独到之见解，故魏晋以后，音乐理论之意境与名词皆已与文学理论合流，以后凡说文学理论，常用音乐性质言之，故《文心雕龙》有《声律篇》，此又是音乐理论之影响文学理论者。

唯图画理论较差。魏有曹植《画赞》、傅咸《画像赋》，宋有宗炳《画山水序》，齐有谢赫《画品》，梁有元帝《山水松竹格》，画之理论材料几尽于此。子建之文乃赞古名士之画像，傅文亦是赞卞和之画像者。由此可知自汉迄魏晋，中国画始终不脱故事画体，至刘宋大变，山水文学影响图画，而山水画兴，画之艺术乃臻盛况，然画论本身亦自有影响文学理论者。

（三）由山公启事到二王杂帖

《晋书·山涛传》：“涛再居选职十有余年……所甄拔人物，各为题目，时称‘山公启事’。”此可说明书札中短笺之由来，何以有此文体，则与写字工具颇有关系。战国之世，纵横家上书人主，长篇大作，多用长简，以为献策之用。而汉魏以来，朋友间来往多用尺牍或书札，工具有限，故语亦简要。至山公而发展成为定体，短札一体遂告成立。其用途凡二，一为私人间问候之书，一为帝王手诏，二王杂帖，亦属此种启事性质。

五、江左清谈与和尚的名士化

东晋名士虽较少于西晋，而年代两倍于西晋（百五十年），其清谈材料在《世说新语》中也较西晋名士为多，主要者凡三人，刘惔、王濛、许询是也。余子有郄超、殷浩、孙绰、谢尚、阮裕、韩伯、孙盛、王胡之、殷仲文、桓玄、羊孚等，诸人思想并不相同，其与西晋异者二点：（1）西晋名士放达，与清谈家有严格划分，而东晋则混一。（2）西晋名士多不通佛理，而东晋诸人则多与禅宗相近。

东晋名士之特点凡七：（1）识度清远，《晋书》中诸名士传记多载此种赞誉。（2）负美誉。（3）美丰神。（4）博学默识，西晋时两派分开，至此混同。（5）精《易》、老、庄，而西晋精《易》者不必精老、庄，至此而兼精之。（6）善谈论。（7）耽酒好音，二者在西晋立于相反地位，至此亦混为一。

自西晋末以迄刘宋初，诸名士所谈吐，其内容大致可别为二类，足以影响六朝文学与哲学，故分论之。

甲、玄谈

（一）《易》——如桓温招诸学士为讲《易》，日说一卦。惠远亦善说《易》。

（二）《庄子》——在两晋为人所注意者为《内篇》，《内篇》为人所常道者为首二篇，如支遁、王羲之皆善谈庄，支犹能援佛理入庄。

（三）名家言——谢安少时曾请阮裕为之讲《白马论》，盖亦由好庄而起。人问乐广曰："何为指不至?"广以麈尾抵桌，问客曰："至否?"客曰："至。"广去之曰："若至，焉能去?"即名实并不能合之意也。司马道子问谢玄曰："惠子其书五车，何以无语及玄?"玄曰："此其妙之所以不传也。"由此可见当时好名家言之盛况。

（四）佛理——当时有西域僧入北朝，亦有入南朝者，以讲经为主，诸名士尝为经作注，如殷浩即注《小品法华经》，此南朝名士新开之风气。又如殷浩与谢安曾讨论眼外之物是否入人眼中即《楞严经》问题。僧意问王修圣人有情否，答曰："无情。"此亦佛家思想。阮修窃王充论，以为人如死而化鬼，当无衣饰，常与人辩，后竟为鬼所悸死，此亦受佛家之影响者。

（五）正始玄谈——王丞相过江，只道声无哀乐（嵇康）、养生（嵇康），言尽意（欧阳建）三理而已。殷仲康尝以不能说《四本论》为憾，此皆正始玄风之余波也。

此种理论之影响文学，乃使之入清疏之途，文人渐能持论矣。

乙、隽语

六朝人为文多隽永，乃自口语始而后见之笔端，又分下列数种：

（一）俊辞——卫玠之"未免有情，孰能遣此"、桓温之“树犹如此，人何以堪”，皆一时隽辞。以时人竞以隽辞为酬对时尚，故每出隽语，辄传诵一时，文学亦自受其影响。又如简文入华林园云：“会心处不必在远，翳然林木，便有濠濮间想，觉鸟兽禽鱼，自来亲人。”桓征西（温）治江陵城甚丽，会宾僚目此城，顾长康云：“遥望层城，丹楼如霞。”便赏二婢。道壹道人（姓竺氏）好整饰音辞，从都下还东山，已而会雪下，未甚寒，诸道人问在道所经，壹公曰：“风霜固所不论，乃先集其惨淡，郊邑正自飘瞥，林岫便已皓然。”许掾（询）诣简文，共作曲室中语，襟怀之咏，偏是许之所长，辞寄清婉，有逾平日。陶诗咏雪句云：“倾耳无希声，在目皓已洁。”即本于壹公之言而化出者。上举诸例中，以简文及道壹二人语最富文学意味，故影响文学亦最深。

（二）谐趣——如庾公（亮）尝入浮图，见卧佛曰：“此子疲于津梁。”于时以为名言。王仲祖（濛）闻蛮语不解，茫然曰：“若使介葛卢来朝，故当不昧此语。”此亦为当时所传诵。

（三）敏对——如晋武帝初即位，采策得一，裴楷进曰：“天得一以清，地得一以宁，王得一以为天下贞。”元帝初过江，诏顾荣曰：“寄人国土，心常怀惭。”荣曰：“王者以天下为家，以是耿亳无定处，九鼎迁洛邑，愿陛下勿以迁都为念。”此类语多谄媚，故可传者少。

附论：清谈家之反响派

自东晋以来，清谈家之行为每为社会所诟病，此影响于六朝唐宋文人生活颇大，故附论反响派之论议如次：

（一）傅玄（西晋）上书陈要务："百官子弟，不修经艺而务交游，未知莅事而坐享天禄。""不修经艺"殆指不修儒术而言，盖以旁门左道目之也。

（二）应詹（东晋）上书："元康以来，贱经尚道，以玄虚宏放为夷达，以儒术清俭为鄙俗……永嘉之弊，未必不由此也。"此二例乃于论政文中附论清谈之弊者。东晋以后，则渐有人专论清谈之害矣。

（三）裴頠《崇有论》："是以玄言藉其虚无，谓之玄妙；处官不亲所司，谓之雅远；奉身散其廉操，谓之旷达。"此言清谈思想影响于社会政治者。

（四）孙盛（此人为半清谈家）《老聃非大贤论》文曰："昔裴逸民作《崇有》《贵无》二论，余以为尚无既失之矣，崇有亦未为得也。"对于清谈及反清谈皆不满意。

（五）戴逵放达为《非道论》："竹林之为放，有疾而为颦者也；元康之为放，无德而折巾者也。"语较平允。另有《竹林七贤论》。

六、子夜吴歌和襄阳西曲的流行

《晋书·乐志》曰："吴歌杂曲，并出江南，东晋以来，稍有增广。其始皆徒歌，既而被之管弦。盖自永嘉渡江之后，下及梁陈，咸都建业，吴声歌曲，起于此也。”

在秦汉之际为雅乐沉沦时代，有音调之文学厥唯楚辞，和楚声而歌。然楚诗楚声至东汉中叶已衰，已变入郊祀歌及汉赋，其代而起者则为民间歌谣，至东汉而成功所谓五言诗，于是乐府势力又衰，残存者唯二势力，其一为赋，其二为脱离乐府独立之五言诗。此外，则为晋宋所奏之汉乐府绵延当时。按乐府其始皆民间徒歌，进而为相和歌，先用管乐，无泛声，后用弦乐，有泛声，齐梁清商三调（清、平、侧或瑟调）之所以出也。齐梁所歌，大都为汉乐府所遗之歌，乐器则已进步矣。由三调更变为大曲，前有艳，后有趋或乱，就形式言颇类曲之套数。其后并艳趋皆填为词，故乐府诗中有《罗敷艳歌》《三妇艳》《墙上难为趋》等是也。唱时可摘单只出来，不必联翩歌之。乐府至此，其音乐之能事已毕，遂不能不有吴声、西曲之代兴。

按吴声及西曲大都成于梁代，通常以吴歌等当起于齐梁之时，按《晋书·乐志》所云，则不起于梁代明矣。此等歌曲或在三国时即已盛行东吴一带，唯少确实凭证耳。又此类民歌何以至东晋而独盛，亦颇耐寻味。大凡有人之处必有民歌与民乐之存在，其他民歌之所以不及吴歌等发展成大枝叶者，则与政治中心有关。交通孔道之处其民歌亦极易流行，齐时上自芜湖、九江，下至扬州、建业，皆驻重兵，故其民歌多被采集而成所谓吴歌；而西曲之盛，则源于江陵（荆州）之重镇，自孙吴以来，即为兵家所必争，又商人之货物亦争集其间，民歌遂别成一格，汇而为西曲。梁代颇不明吴声、西曲之分别，往往将此杂入清商三调中。至宋人郭茂倩编《乐府诗集》时，犹受此种影响。

说吴声时，人往往以《子夜歌》为代表，实则吴声中《子夜歌》之起较晚，可注意者为《黄鹄曲》，本汉横吹曲名，而形式则纯为《子夜歌》之五言四句格。其次为《懊侬歌》，今存四首，其始为石崇妾绿珠所作（今《丛布涩难缝》一首是），至宋少帝时作新歌卅六曲，齐太祖尝谓之中朝曲。上二曲可为考订吴歌时代之材料。吾人有一推测，即在东晋渡江之前，远在三国时代，吴地本有歌声，及晋统一，吴声流入北方，为文人所采，与汉乐府相混，故有《黄鹄曲》及绿珠《懊侬歌》。二篇之外，大约十之七为东晋作，十之三为作于齐之后者。迄梁武结集之后，混成一气。此类歌曲其性质：（1）为五言四句，又若干首拼成一组。（2）中多隐语。影响所及，在使唐诗之句有定数，五绝先律诗而成立。

《黄鹄》《懊侬》之外，大多吴声歌曲，皆东晋之作。

《子夜歌》为吴声主要部分，《唐书·乐志》："《子夜歌》者，晋曲也。晋有女子名子夜，造此曲，声过哀苦。"然此曲是调名抑是人名，今已难定。又据《晋书·乐志》及《宋书·乐志》所记云："有鬼歌子夜。"由上记载，《子夜歌》之流行当在东晋孝武帝以前，其后有《子夜四时歌》七十五首……必是先有《子夜歌》古辞，而后广成者也。

《乐府诗集》称为晋宋齐辞，时代混而不分，故吾人可断定其时代最早为东晋初，最晚在南齐末。又其中调曲有至今不可解者。又有《子夜变歌》，今存三首。另有《上声歌》八首。变歌者，变调也，与本调之别，亦不可知。由《上声歌》推知《子夜》当是瑟调，故别有《上声促柱》之曲。又别有《欢闻歌》及《欢闻变歌》，起于晋穆帝升平初。又有《前溪歌》《阿子歌》《丁都护歌》《团扇歌》《桃叶歌》，凡此诸曲，多有作者本事可考。又有《长矢歌》，亦东晋作，可知吴声歌曲在东晋时代已流行民间，为文人所采作本事材料矣。外有《碧玉歌》（宋汝南王作），《华山畿》（宋少帝时作）廿五首，《古今乐录》称变曲中有《懊侬》一曲，可知其时代甚晚。又《读曲歌》八十九首，《宋书·乐志》称："民间为彭城王义康作（元嘉中）。"又《青溪小姑》曲（宋元嘉中）。据此四曲，可知吴声在刘宋时犹有新声产生。再者，吴声又有与西曲相混者，如《黄竹子歌》是，唐李康成曰："《黄竹子歌》，江陵女歌，皆今时吴歌。"然考其来源，此曲实为西曲。盖吴声重抒情，颇少宗教气味，而西曲则沿《九歌》而来，夹有巫歌于其中也，如《神弦歌》是。吴声特色在多谐隐语，襄阳西曲则无此风格。《文心雕龙》有《谐隐篇》，可知其影响之大，唐以后则少见矣。其次，最普通之格式为五言四句，且甚少单章独立者，多连串之作。就影响上言之，此五言四句格式，对齐梁后新体诗之影响最大。试观自建安迄谢灵运之时，五言诗句法无一定格式，可随意长短，由刘宋初迄齐末梁初，而新体诗出矣。以十二句五言诗为通行之格式，多至十六至二十句，未有更长者，亦少有少于八句者。此十二句式实即四句五言三组所拼成，后进步为十句，再进步为八句，而五言律诗之形式以出，此吴声所影响于后世者也。又吴声民间趣厚于古诗，可知其源出于民谣，后度之入曲而为弦歌，及其久也，又有徒歌而不被乐者，乃有读曲歌之产生。

西曲之发展晚于吴声，吴声之早者在东晋，西曲则无晋作，最早只在刘宋时代。西曲名歌有《石城乐》（宋臧质作）、《乌夜啼》（宋临川王刘义庆作）、《襄阳乐》（宋隋王诞作）、《寿阳乐》（宋南平王穆作）、《西乌夜飞》（宋元徽五年荆州刺史沈攸作）、《估客乐》（齐武帝作）、《杨叛儿》（齐隆昌时人作）、《襄阳踏铜蹄》（梁武帝作）、《常林欢》（《旧唐书·音乐志》云："宋梁间作。"）。西曲变化少于吴歌，时间亦较吴歌为短。吴歌大部分为民间情歌，西曲则有二部，一为倚歌，《古今乐录》："凡倚歌悉用铃鼓，无弦有吹。"用铃鼓者大半为巫乐，与赛神有关。西曲只有管乐而无弦乐，与吴声之有弦无吹不同，倚乐声而歌，倚歌在西曲中不太多，有《青阳度》《女贝子来罗》《夜黄》《夜度娘》《长松棹》《双行缠》《黄背》《平西乐》《攀杨枝》《浔阳乐》《白附鸠》《拔蒲》，题目均用民歌。其二为舞诗。旧舞十六人，存古女乐二八之遗意，梁减为八人，至唐又减为四人，舞人之减少，大概与场地大小有关，古舞多在庭中，故可容多人，后入室中，乃减为十六人，至梁减半，唐又减半，北宋初则少和舞矣。舞乐之可知者有《石城乐》《乌夜啼》《莫愁乐》《估客乐》《三洲歌》《襄阳踏铜蹄》《采桑度》《江陵乐》《青骢马》《安东平》《共戏乐》《那可难》《寿阳乐》。此舞多为皮舞、盘舞，每歌中有倚歌、舞歌相间者，如《孟珠》十曲中，二曲为倚歌，八曲为舞歌，故舞歌发展不及倚歌普遍，影响亦不及倚歌重要，且常与吴声相混。西曲有二格式：（1）与吴声相同，（2）七字句。二句一章，合为一首，此当是隋唐之竹枝和歌短句，影响后之七绝，而长篇则影响七古之换韵体，故梁武帝有《河中之水歌》等，此为隋唐七古之雏形，新体诗之成立，不能不索端于此。

七、诗人陶潜

明人喜将屈原赋与陶渊明诗合为一集，谓之屈陶合刻，用意颇深。盖陶之诗确足代表其人格，非建安以来“绮丽不足珍”之作风可比。通常论文学史者每喜单论个人，以为自某人之出，则其时代文风为之丕变，其实不然。个人特殊天才莫不由其历史背景所形成，历史之力量实远较个人为大。《荀子·天论篇》之所谓“势”是也。一势而出，必尽其势而后已。文自建安以来即已渐变，人恒以为东汉之文风至此而灭，实则仅是暂时之掩盖，至西晋东晋下逮盛唐之复古运动，其潜势力仍是东汉文风之余脉。故一作家转变文风之力量仅占百分之一，而历史之势力则占百分之九十九。故认识作家必先识其共相，然后乃识其别象。吾人兹论渊明之出现，当不能不推源乎陈留阮氏。

渊明之学源出阮氏其证有十：（1）任真自得。如尝出为州祭酒，少日自解归。又尝求为彭泽令，每以葛巾漉酒。（2）慷慨有志。《拟古》九首中“少时壮且厉”一首及《咏荆轲》可为佐证。（3）至性。发于骨肉之间者，如《祭程氏妹文》《祭从弟敬远文》《与子俨等疏》可证。（4）好老庄。（5）耽酒。（6）嗜音，如蓄无弦琴之事。（7）遗世。如不慕荣利，忘怀得失。（8）简默，如闲静少言。（9）韬晦。（10）默识，如好读书，不求甚解。

其同于嗣宗者三：（1）儒学。（2）能诗。（3）易代之感。其不同于阮氏者二：（1）力耕自足。（2）隐居求志。

通常论陶常有二问题聚讼不绝，其一为思想究竟为儒家或道家，其二为思想是否前有所承。今而观之，其行为思想实直承嵇阮一派，观上述十证可知，与何、王之名士作风迥然不相类。

自党锢之祸以后，建安以来文人不傍权门生活者盖寡，往往有因此而进退维谷者。渊明鉴于此点，乃躬耕自食，虽不得饱，亦自得其乐，绝不为人所蓄，其出处似效两汉之儒生耕读生活。然时代既非两汉，故又不能法乎先秦之隐君子若长沮、桀溺者流，此其思想接近道家之因由也。

渊明之文学受阮派影响甚深，如阮有《大人先生传》，陶亦作《五柳先生传》；阮有《戒子书》，陶亦有《与子俨等疏》；阮有《咏怀》八十二首，中多隐晦之章句，陶亦有《拟古》九首、《饮酒》二十首，风格与阮相同。又其《闲情赋》盖颇类乎阮瑀之《检欲赋》，当是早年之习作，故知其文学根源实直承阮氏一家之风格者。

关于渊明年谱亦为多年聚讼之问题。自宋以来迄于现代，陶之年谱凡七八种，以梁任公、古层冰二氏之作为较普遍。年谱之推前挪后，对于作品之解释颇有影响。梁萧统作《陶渊明传》称卒年六十三岁，颜延之《陶征士诔》亦尔，然陶诗各有干支，持与年谱相照颇不相合，故后人有妄改干支者。现代人之意见在缩短陶之卒年，古氏以为卒于五十七岁，梁氏则以为卒于五十四岁，其言似多不近情理者。吾人以为凡大家之作必有所寄托，非徒作空言，此不能不求之于身世也。其次，凡大家自其幼年之作以迄成熟，排比观之，则可见其进步之痕迹。吾人承认旧说六十三岁之说法，按旧说渊明当生于晋哀帝兴宁三年乙丑(365)，渊明《祭程氏妹文》称母卒时妹年九岁，陶年十二，而又《赠庞主簿》诗中有“弱冠逢世阻”句，年谱家每以为是陶家遭水灾之故，实则不然。今而考之，当其弱冠之龄正苻秦入寇之时，由太元四年到七年，襄阳为秦所据，次年而有淝水之战，渊明适年十九，故云“弱冠逢世阻”，当指苻秦屡次入寇言。又陶母为孟嘉第四女，孟为襄阳太守，家于湖北，并未移徙。由上句考之，渊明是否长于孟家或江西故乡，虽不可知，然其外祖家在襄阳，苻秦入寇对陶不无关系，因有《桃花源记》之作，称晋太元中之年号，良有以也。文中所谓秦或系统隐射苻秦。又桃源所在，一称在蜀西，一称在湖南，故有“南阳刘子骥”之句。刘为豫州人，往蜀西避乱，颇有可能，唯武陵一地名不可解，或谓是晚年所改作，其《咏荆轲》当亦作于此时。

史称渊明二十九岁以前未尝出仕，卅七岁始躬耕。但依其诗考之，为吏实在躬耕之后，此中遂有矛盾。如《癸卯岁始春怀古（故）田舍》，及《癸卯十二月中所作与从弟敬远》，此癸卯年颇有问题。时渊明年已卅九岁，中有句云：“在昔闻南亩，当年竟未践。”故“癸”当作“辛”，时为太元十六年辛卯（391），渊明年廿七岁，《怀故田舍》当是搬家之后作。今假定陶家在渊明廿七岁前当在九江或南昌城内，此故田舍原为旧庄，由此可证廿七岁以前渊明并未躬耕，又据《劝农诗》纯是庄主口吻，故可推定廿七岁到廿九岁间当为庄主之农也。廿九岁出为州祭酒，少日自解归，乃行躬耕，故其少年之田园诗与晚年之作实有不同，盖一为庄主，一为自耕农故也。如《怀古田舍诗》及《祭从弟敬远文》非廿七岁作，则余诗颇不可解，故“癸卯”当以“辛卯”为是。前此生活颇为丰富，远异乎晚境之贫困，《劝农》诗或作于此时。廿九岁起为州祭酒，此年代各方面考之均甚相合，三十岁为太元十九年，有悼亡之变。自廿九—卅五岁间，事迹多不可考。自隆安三年己亥(399)，年卅五岁，孙恩陷会稽，威震江左，故刘牢之征之，渊明时在刘军中。四年，年卅六岁，始作镇军参军，而有《始作参军经曲阿作》，《饮酒诗》中所谓“在昔曾远游”句亦指此从征之事。庚子岁五月中，从都还，阻风于规林。旧谱家对参军至彭泽解归时代之踪迹不甚明了，今考之如下：在江陵死者为其父，《祭程氏妹文》称母死为一母亲，《阻风诗》之称母则为又一母亲，五年辛丑，年卅七岁，孙恩寇丹徒，下江大震，故推想陶之徙江陵即在此时，且时在初夏。但渊明尚在刘军中，其弟兄或有留江州守故宅者，唯程氏妹伴父移居外祖家。《辛丑岁七月赴假还江陵夜行涂口》诗，梁氏考证，以为此时陶挈晋主之令以谕桓玄者，颇难解通，诗中有云：“如何舍此去，遥遥至南荆。”吾人假定渊明在江陵有故居，而早年长于江州，及遭孙恩之乱，乃还江陵旧居，故诗云云，方为可解。此后二年而其父卒。自卅七岁以后，陶在江陵未动，则有数诗之地点发生问题：《饮酒诗》二十首当作于江陵闲居时，元兴二年癸卯（403），年卅九岁，《饮酒》中有句云：“行行向不惑，淹留遂无成。”按其总序考之，此诗当为一组，为零碎集成之作，与其杂诗不同。又《饮酒》二十首以前之诗，少有及酒者，可知其好酒，晚年甚于早岁。元兴三年，年四十岁，有《荣木》诗、《连雨独饮》诗。义熙元年乙巳

(405)，四十一岁，有《三月为建威参军使都经钱溪》诗。八月起为彭泽令，在官八十余日，赋《归去来兮辞》。人传其去官，乃耻向督邮折腰之故，而按《归去来兮辞·序》考之，实为奔程氏妹丧而自求免职者也。然则归于何处，旧说乃认为归江州作，而按《归去来兮辞·序》推之，当以归江陵为是，盖意在奔丧故也。但在武昌亦未住多时。义熙二年春，年四十二，复返于九江（江州），如此则《还旧居诗》乃可讲通。句云："畴昔家上京，六载去还归，今日始复来，恻怆多所怀。""上京"或云九江小地名，或云"上荆"，其说不一。按"六载"，是指孙恩之乱时而言，则"上荆"当在江陵，如指"上京"在九江栗里附近，则此诗与《归园田居》为同时之作，不可解，当是于江陵治丧毕，还归乱后故里江州，时村落、相识皆有巨变，故写别久复来而深自感慨也。至四十四岁夏，遭火灾，乃别徙南村以居焉。

《归园田居》当是归于昔日与从弟敬远躬耕之地，句云："开荒南野际，守拙归园田。"盖遭火灾而荒凉者也。至云"榆柳阴后檐，桃李罗堂前"，则新宅当筑于春日可知。义熙五年己酉（四十五岁）作《移居》二首，同年九月，有《九日诗》。六年庚戌，岁九月中有《于西田获早稻》诗，据此犹可见其尚未躬耕。七年，有《祭从弟敬远文》，追忆旧日田园生活，乃在二十九岁之前者。又有《与殷晋安别》诗。八年，有杂诗十二首，及《示周掾祖谢

（一作示周续之祖企谢景夷三郎）》诗。又二年，渊明正五十岁，适惠远结白莲社于庐山，邀陶入社，未往。其《与子俨等疏》，近人多以为渊明遗嘱，但吾人不必看得太板滞，立遗嘱后不必即死；而此疏作于五十以后，且多疾病，则可断言。义熙十二年（五十二岁）有《丙辰岁八月中于下潠田舍获》诗，句云："曰余作此来，三四星火颓。"自此推之，其躬耕年岁当在四十七八岁时，其躬耕技能亦不甚佳。十三年（五十三岁）有《赠羊长史》诗，是年东晋将刘裕攻入长安，羊长史乃为使去长安劳军者。渊明极为叹羡，盖以羸疾不能随羊北上以观中原之风也。萧统《陶渊明传》云"躬耕自资，遂抱羸疾"，指此。十四年（五十四岁），有《怨诗楚调示庞主簿邓治中》，述生活之困窘，极为可伤。又有《九日闲居诗》，述酒不可得，种菊自娱而已。十五年（五十五岁），王弘为江州刺史，欲见之，辞焉。后以庞参军之介绍，置酒庐山，渊明以疾不能行，其子及门生以篮舆送之往。宋武帝永初元年庚申（420），年五十六，作《述酒》诗、《拟古》九首，多感慨之音，盖易代后之哀吟也。《述酒》诗为哀零陵王作，《拟古》九首为答其友辈之作也。此后不复有作。至将死前作《自祭文》及挽歌诗三首，是为绝笔。自五十五岁迄于卒日仅二事可言：一为颜延之来访，一为檀道济来访，赠金不受，置于酒家，使供酒无使缺焉。就以上所论，吾人乃承认渊明卒于元嘉四年，享年六十有三之说法。

就其作品考之，早年之作，诗不甚炼，愈晚愈炼，此与其修养成正比，较通常所论，以为中年用功颇深，而晚归于平淡者不同。

再就诗人进步之历程而论渊明之造诣，则明人将屈陶合刻极有见地。工部亦有评陶诗之作，可代表唐人意见，诗人之异于常人者，以其不失其赤子之心。人当幼龄，其心莫不为赤子之天真，及其涉世既久，渐为物欲所牵，乃堕落随俗矣。诗人既存天真之气，故处世多所变故，结果遂至出世而逃避现实，或不能如此，则复入世，再碰壁而自绝，此屈原之境界也。渊明则进而处于出世入世之间，寻一地以自娱，自存其小国寡民思想，但较孔子之无入而不自得又不及矣。求之八代中，唯武侯可与媲美，故详论之。

八、略论两晋非文士的文学

通常论文学史者，往往自建安七子而下，接上骈文，以为是正源，实则不然。西晋潘、陆以外，下迄东晋，文士与非文士显然形成二格，东汉文章之风格犹有余脉存乎两晋间，故两晋散文，乃较前更进一层，以其前异古文，后无来者，比汉文无堆砌之病，比唐宋文无庙堂之气。然其作品所存虽不多，乃自成一种风格。

西晋李密《陈情表》一文，为一最特殊之风格。大概中国历代政治与文风之变易，蜀中受影响最迟。李令伯，蜀人也，其文溯《出师表》而上之，去东汉未远。自此文之出，凡家人父子间之遗训等文字，往往质实而不染时风。此外，尚有王祥《训子孙遗令》、羊祜《与从弟琇书》及《诫子书》。东晋之散文，朋友间论时事之书札亦自成一格，如王导之《遗王含书》、庾亮之《与郗鉴笺》、庾翼《与兄冰书》及《贻殷浩书》，此皆东晋初年之作。人颇念中原故土，因多《离黍》之感，一一托之书札。当时此类文章一定很多，唯不著名者史家遗而不录耳。尤妙者当推王羲之，其作有《与会稽王笺》《报殷浩书》《遗谢万书》，华实俱茂，质朴处似存两汉之旧，且已不似两汉人之好引经传，亦不似唐宋人之虚张声势，故读之弥觉清新，为韩柳古文运动之先声。

附论：《抱朴子》和魏晋文学中的神仙方士思想

近二十年来国人习西洋文学者，对中国文学抱二不满态度，一以为无史诗之文体，二以为中国文学缺乏想象力，今特释之于次：

关于中国文学缺乏想象力，大原因在儒道两家思想所使然。中国文化自周朝以来，人的自觉发展到极端，自尊心强，意识中已难保有神权时代之虚构力量，后虽有佛教传入，而儒家思想已统治人心，故难恢复以往丰富之神仙思想，此就人格扩大而言者也。其次为道家将宗教理智化，而神仙思想因之消灭。有此二因，中国文学遂成与西洋文学不同之发展。

《史记·封禅书》《武帝纪》《汉书·郊祀志》，由此等材料观之，秦汉以来之燕齐语怪之谈，至汉武而得一结果。武帝实不像一儒家思想陶冶出之君主，理智甚薄，故多信方士，晚年戾太子事出，乃颇有悔意，故太史公之《封禅书》，实带讽刺之意味。《汉书·郊祀志》亦以志怪态度记之，并不以为实事。《后汉书·方术传》，但写社会间有方术家，而人多作为茶余酒后之谈资，并无相信之意。故《列仙传》虽托言刘向作，仅成为小说家言，人少以正书目之。迄三国魏武之时，此风又稍抬头，然其诸子若子桓、子建皆不信之。魏武时代著名方士凡三人，即颍川郤俭、甘陵甘始、庐江左慈是也。大概魏武亦好方士，在邺下宫内养有一部分方士，故其作乐府诗中如《气出唱》三首、《陌上桑》《秋胡行》，皆富神仙思想，此与司马相如《大人赋》之投合汉武所好不同。魏文则不信之，观《典论》论郤俭等事可知。又《折杨柳行》，更倡反对思想。曹子建尤反对道家，著《辩道论》以驳之。后失宠于太祖，不得已而作《释疑论》，以为表面之应酬，其个人为纯儒家之态度。其《升天行》《仙人篇》《五游咏》，皆不得已而作者。

迄乎西晋，道家之神仙思想，变成纯理智养生之术，嵇叔夜《养生论》即缘是而作，不复为宗教之对象矣。嵇之《秋胡行》，亦为纯理智之作。阮籍《咏怀诗》亦颇反对求仙之事；仅接近老庄而非神仙思想。自嵇、阮之死迄东晋初，不再见有此种思想出现，但有乐府中之游仙诗，唯是优孟衣冠，内容极少。西晋游仙诗可观者两人而已，一为郭璞之《游仙诗》十四首，盖郭即具神仙思想者，且善方士之术，故其诗内容真实。其次为庾阐《游仙诗》十首，乃仿自郭璞之作，但庾亦神仙家之流，其诗自亦非无神之僵尸也。此种种神仙家思想，至葛洪《抱朴子》而得正式之结果。其书内容包括道家之两派，符箓丹鼎（后者又分内丹服食与外丹烧炼二派）是也。《抱朴子·内篇》即言此事，尤注重丹鼎之论，为宗教史之重要材料，与文学关系极少。其《外篇》则甚有文学意识，内容篇章仿自《论衡》，盖《内篇》为专家之言，甚难普及，乃不能不作《外篇》，投文人所好，以传其书。又有《神仙传》一书，托名葛洪撰，记成仙者七十四人，今传本复有所增益，此可证明至葛洪之时，神仙家思想又甚为社会所重视，因而托言于小说家言矣。

至刘宋而后，佛教思想抬头，文人引用多佛家语，故南北朝文学中，佛教思想实取道家思想而代之。

第三讲　南北朝文学及其文艺论

一、南北朝文学之地域性

《北史·文苑传序》："暨永明、天监之际，太和、天保之间，洛阳江左，文雅尤盛。彼此好尚，雅有异同。江左宫商发越，贵乎情绮；河朔词义贞刚，重乎气质。气质则理胜其词，清绮则文过其意。理深者便乎时用，文华者宜于歌咏：此其南北朝词人得失之大较也。"东晋时，北朝尚未统一，故无可比较。至永明、天监之际，太和、天保之间，北魏已经统一，两者得失大较，自文学史眼光观之，北魏有笔而无文，南朝则尚文不尚笔。此外可得言者有数端：（1）中国历代文学之体变与政治关系极为密切。在春秋时，楚势力尚未膨胀之前，中国地理形势乃以函谷关为界，成东西对峙之局。后楚坐大，南北之势初有萌芽。西汉七国之乱作，此势益显。东汉时更大不同，观《论衡》所提及种种问题，南北文学之异点可见。（2）三国之际，吴魏相对，文化特色显著。及西晋有政治上之统一，而二陆入洛即代表吴之风格，最为张华所器重。东晋南迁，士大夫初甚矜持，各标门阀，不改乡音，而曾几何时，卒为南方山水所化而成纯南方之文学，故在徐庾未北之前，北方文风尚存东汉之旧，后为徐庾所变，南北乃趋一辙。(3) 至唐古文家起，乃倡复古之说焉。颜之推幼长江南，晚归北朝，其遗著《颜氏家训》中对举南北文学与地域性之不同数端，大可参考。故南北文学之不同问题，提出者不自《北史》作者李延寿始。

晋室南迁，门阀相标，世族子弟为自高身价，故好逞才华，以致辞胜乎意；北朝无士族，非实用不弄文墨，故少绮丽之作。再，南朝禁止刻碑，故终南朝之世，碑记传状，遂少人作。且骈文不适于作记传，散文遂绝；北方则尚刊刻，而传记之文大盛。至唐世，古文家欲与骈文家争胜，凡文士必擅长传记，斯亦北朝之余脉也。故后世文学史者每怀偏颇之见，述史事多注重南朝，实大错误。吾人如欲明了唐宋文风之来源局面，则北朝不可忽略，材料虽少，尤须珍视。

二、南朝文士之生活与重要作家

（一）谢灵运与颜延之

文学史中有一重要事实，即后人所注重之某时代之某作家，往往在当时不一定为人所重视，有如长江大河，一泻千里，有数岩石遗存江中，偶为好事者所发现，传闻于世，遂为多人所注意。南朝文士如陶潜，在当时并不为人注意，江文通虽有拟作，亦复粗率不堪；钟氏《诗品》竟置陶诗于中品，可知其在当世人眼中之地位。唐代人心目中之陶诗价值，读老杜之《遣兴绝句》可知，亦不甚以渊明为然。至东坡出，特标榜之，而渊明之诗地位始著。其次，文人对举，多后世人所造，在当时未必如此。唯此处对举数人，则系按当时人之眼光列排者。

此处将颜谢并举，乃齐梁人一般之看法。《宋书·谢灵运传》论："爰逮宋氏，颜谢腾声。灵运之兴会标举，延年之体裁明密，并方轨前秀，垂范后昆。"东晋之文学内容简单极矣，士大夫偏好老庄，笔下征引，无非道家之言，再变而仅书个人感情而已，以致平淡乏刺激性。至灵运而一大变，首先，引书极博，经史子书无不汇于笔端，其次，能造新意境，故称曰"兴会标举"。颜之体裁明密，亦对东晋文体散漫而言。颜起而矫正之。《诗品·总论》云："谢客为元嘉之雄，颜延年为辅。"钟氏尝分建安以来之文坛风气为三段，建安以子建为主，余子辅之；西晋以士衡为主，余子为辅；以下即颜谢焉。《南史·颜氏传》亦与谢并称，故今二人对举。

甲、谢灵运

晋太元十年乙酉（385）生，宋元嘉十年癸酉（433）卒，年四十八。就身世言，颜谢相反，颜为寒士出身，谢为世家子弟。谢为人极端狂妄，其诗中见个性者极少，而时人对其品行竟放下不谈，是为风气之大变，事详《宋书》十七、《南史》十九本传。时人对谢评论有数条可见。《诗品》上："宋临川太守谢灵运，其源出于陈思，杂有景阳之体，故尚巧思而逸荡过之，颇以繁富为累。"吾人今论谢诗有数点可言：（1）建安时代，子建独创风格，努力将个人学问、修养、胸怀放入诗中，此谢与子建相似处；唯子建诗多少带有乐府味，故流荡可诵，而灵运以去乐府远，故声调近涩，此其异点。（2）自西晋以来，文人之诗多写得四平八稳，如士衡之诗是，故称灵运近于景阳，此灵运大努力处，良非偶然，唯以离乐府日远，无轨可循，安章颇不易，不得已而直起直接，故谢诗往往有不宛转处。梁简文帝《与湘东王书》："谢客吐言天拔，出于自然，时有不拘，是其糟粕……是为学则不届其精华，但得其冗长。"此论谢文之言，影响自唐以后，谢文渐不为世所重，佚散遂多。大谢读书多，意思足，乃有一泻汪洋之势。人无其才学，徒力效之，故仅得糟粕焉耳，简文之言最为允当。《南齐书》五十二《文学传》论："今之文章，作者虽众，总而论略有三体：一则启心用怿，托辞华旷，虽存巧绮，终致迂回，宜登公宴，本非准的；而疏慢阐缓，膏肓之病，典正可采，酷不入情，此体之原出灵运而成也。"《南齐书·高祖本纪》载《遗诸子书》谓"康乐疏宕，不便首尾"，此谢之大病，然亦律诗完成之伏胎。

乙、颜延之

晋太元九年甲申（384）生，宋孝建三年丙申（456）卒，年七十二。《宋书》七十三、《南史》三十四本传。

《南史》本传：“延之与陈郡谢灵运俱以词采齐名，而迟速悬绝。文帝尝各敕拟乐府《北上篇》，延之受诏便成，灵运久之乃就。延之尝问鲍照己与灵运优劣，照曰：‘谢五言如初发芙蓉，自然可爱；君诗如铺锦列绣，亦雕绘满眼。’延之每薄汤惠休诗，谓人曰：‘惠休制作，委巷中歌谣耳，方当误后世。’是时议者以延之、灵运、惠休自潘岳、陆机后，文士莫及。江右称潘陆，江左称颜谢焉。”

两晋之间，门阀大盛，平民出身之文士实甚少。东晋之末，平民文士始渐萌芽，至梁而大盛。颜谢对称，颜乃代表平民，谢则代表贵族。颜少孤贫，三十而不能娶，至刘宋始为人荐为光禄大夫。盖当时平民之知名，非特殊学力不能到也；而士大夫子弟，仗门阀之势，稍有本领便足名家，鲍照之于谢朓犹是耳。鲍明远评二家得失，以谢诗尚自然，时有清新之作，颜则以书卷功夫为佳，故对惠休最为贱视。

《诗品》中：“宋光禄大夫颜延之，其原出于陆机，尚巧思，体裁绮密，情喻渊深；动无虚散，一字一句皆致意焉。又喜用古事，弥见拘束，虽乖秀逸，是经纶文雅才。雅才减若人，则蹈于困踬矣。汤惠休曰：‘谢诗如芙蓉出水，颜如错采镂金。’颜终身病之。”

《诗品·总论》曰："观古今胜事，多非补假，皆有直寻。颜延、谢庄，尤为繁密，于时化之。故大明泰始中，文章殆同书抄。"

今以文学史眼光评骘二家：以影响言之，颜不如谢，其势至中唐不绝。凡文学须经长久培养乃臻上品，西晋以来，乐府衰谢，文人自五言诗中独抒己见，而有循章摘句之作，潘、陆之成功在此。至东晋尚玄谈，诗中理胜乎辞，至其末，人多病其枯燥，力求典雅，乃上溯西晋，而有颜谢之出。颜除多用古典外无多创格，谢则文质并用。故自六朝人风云月露眼光评之，以为推陈出新，颜固逊谢远矣。

（二）鲍照与谢朓

甲、鲍照

晋义熙七年辛亥（411）顷生，宋泰始二年丙午（466）卒，年五十五。

事详虞炎《鲍照集序》，《宋书》卷五十一《临川烈武王道规传》，《南史》卷十二《临川烈武王道规传》。

鲍照出身不甚明悉，史书所称其乡里各不相同。初耕于东海，后以能作乐府知名，后从军，曾作《河清颂》，死于乱军中，齐梁之际，照名颇大，《南齐书》五十二《文学传》论："今之文章，作者虽众，总而为论，略有三体（中略），次则发唱惊起，操调险急，雕藻温艳，倾炫心魂，亦由五色之有红紫，八音之有郑卫，斯鲍照之余烈也。”《诗品》中：“宋参军鲍照，其原出于二张。善制形状，写物之辞，得景阳之諔诡，含茂先之靡嫚；骨节强于谢混，驱迈疾于颜延，总四家而擅美，跨两代而孤出。嗟其才秀人微，故取湮当代。然贵尚巧似，不避危仄，颇伤清雅之调。故言险俗者多以附照。”晋宋之际，文士作文虽长短不同，然皆发语谨慎，少事夸张。独明远异趣，语必夸大其词，所作《芜城赋》即其例也。照又以乐府著称，晋陆士衡虽多乐府之作，然多模仿两汉。五言乐府既衰，民间有七言小调，明远起自平民，独辟新径，故超然独出。运用入赋，则成《芜城赋》体，七言之变为新体，实自照始。

乙、谢朓

宋大明八年甲辰（464）生，齐建武三年（496）卒，年卅二。

事详《南史》十九、《南齐书》四十七本传。

《诗品》中：“齐吏部谢朓，其原出于谢混。微伤细密，颇在不伦。一章之中，自有玉石。然奇章秀句，往往警遒。足使叔源失步，明远变色。善自发诗端，而末篇多踬，此意锐而才弱也，至为后进士子之所嗟慕。朓极兴会论诗，感激顿挫过其文。”梁简文帝《与湘东王书》：“至如近世谢朓、沈约之诗，任昉、陆倕之笔，斯实文章之冠冕，述作之楷模。”《诗品·总论》：“次有轻薄之徒，笑曹刘为古拙，谓鲍照羲皇上人，谢朓今古独步。而师鲍照终不及‘日中市朝满’，学谢朓劣得‘黄鸟度青枝’，徒自弃于高明，无涉于文流矣。”

自刘宋初迄陈末，阳夏谢氏出文士不少。重要者有谢混、谢灵运、谢朓三人。而谢氏一家文风之首倡者为谢混，变东晋平淡之文风为感兴之作。渡江之初，江南山水于士大夫稍有刺激，则出诸玄语，后东晋末，此种意趣亦尽，故谢混从而变之。混于子侄中最赏灵运，灵运于昆弟间尤爱玄晖。小谢长于谢氏文风之家，词更清巧，极为当世所称，盖多清新感兴之故也。沈约尝称“二百年来无此作矣”。建安以来，诗之起调高者，唯子建、明远、玄晖三人耳。唯玄晖意锐才弱，其诗往往于篇末多踬，推原其因，当是灵运为五言诗进为新诗之过渡人物，在旧调未破、新型未成时，往往未能自解。玄晖虽较彼略有进步，然结句仍不能如后人之有力，此文学之背景使然也。《诗品》所引鲍照诗句原出鲍照《结客少年场》：“日中市朝满，车马若川流。”本极平常，原出《古诗十九首》；其次出虞炎《玉阶怨》：“紫藤附花树，黄鸟度青枝。”亦不甚工，轻薄者并此亦不及，故为钟氏所讥。

总论四人，颜为结束以前之文学，影响后世不大；而鲍照与灵运、玄晖则开清新之路，下迄唐代，影响至深。至李杜更为显著，杜诗一部分出自灵运，固勿论已；而太白屡称明远、玄晖，是亦不无师承关系在也。

《文心雕龙·明诗篇》：“宋初文咏，体有因革，老庄告退，而山水方滋。丽采百字之偶，争价一字之奇；情必极貌以写物，辞必穷力而追新。此近世之所竞也。”又《通变篇》：“今才颖之士，刻意学文，多略汉篇，师范宋集；虽古今备阅，然近附而远疏矣。”

此二段材料，可见当时文风及《文心雕龙》作者所表现不满之态度，其实吾人可以二点说明之：（1）诗乐分野，其韵渐衰，建安文士迄汉乐府未远，故风骨弥高。后古乐已失，人无从学建安风格以此，而明远从民间乐中摄制新调，又成诗乐合体之作，故人特好之。（2）离乐之诗，其发展必向清新、兴会之路，此两谢之所以戛戛独造也。明此四人之源流，则齐梁文风大致可了然也。

（三）萧梁一家之文学

《南史》七十二《文学传序》可资参考。

吾人可以两点说明：（1）自南齐以来，诸王好文，广结文士，或养客，梁武即为竟陵八友之一，及为帝，乃益畅其风。（2）武帝、昭明仍守南齐旧风，而简元帝则开陈隋之风气。

梁武帝（讳衍），宋大明八年（464）生，太清三年（549）卒，年八十五。

前言世族有南陵萧氏，故论此时期文学，应合齐梁而言。《梁书》本纪：“竟陵王子良，开西邸招文学，高祖与沈约、谢朓、王融、萧琛、范云、任昉、陆倕等并游焉，号曰八友。”就文学之盛言，竟陵王之西邸文学实南朝末之最盛者。然其年代甚促，而梁武在位久，西邸诸文士多活动于其朝代，故名转在西邸之上。武帝好学，曾新疏五经，于玄学则撰《老子义疏》，又撰有《通史》，又能自疏佛经。史称其下笔成章，著述宏富，有百二十卷。就其学问广博，著述之多，人才之盛，父子能文而言，较建安曹氏实有过之。

昭明太子（名统，字德施），齐中兴元年（501）生，梁中大通三年（531）卒，年三十。

南朝晚年，文风及思想与夫治身种种，昭明实与武帝相近。性均保守，操守颇严。史称其集凡二十卷，又集古今典诰凡十卷，曰《正序》，诗选曰《文苑英华》二十卷，又《文选》若干卷。其才分极高，其文学主张见于《文选序》云。

简文帝（讳纲，字世缵，高祖第三子），天监三年（504）生，大宝二年（551）卒，年四十八。

在当时萧梁父子颇以魏武家自况，简文六岁能文，高祖面试赞曰：“此吾家之东阿也。”南朝宫体诗自简文始。《梁书》本纪：“雅好题诗，其序云：余七岁有诗癖，长而不倦，然伤于轻艳，当时号曰‘宫体’。”简文之好宫体，良以幼年受徐摛师傅提倡之影响。故东海徐氏，实转齐梁文风有力之家族。简文与元帝虽同归一路，但文学主张颇有异同，为齐梁风格转变之过渡人物，其文学主张见于《与湘东王书》。

梁元帝（讳绎，字世诚，高祖第七子），天监七年（508）生，承圣三年（554）卒，年四十六。

《玉台新咏》与《文选》作风不同，即梁元帝与昭明之不同。大约昭明所接触者多其父之旧臣，故思想较为保守，形成选体之作风；而梁元帝年轻，喜与徐孝穆相酬答，故全开陈隋风气。

安成王秀（太祖第七子），宋元徽三年（475）生，天监十七年（518 卒），年四十三。

本传："招学士平原刘孝标，使撰《类苑书》，未及毕而已行于世。"按类书之编辑自魏人始，后朝代更易，欲排遣文人故国之思，乃命撰类书以为事。类书之用，自齐梁始，盖当时文人多不肯念整部书，而又喜创作篇什，于是乃竞以记诵类书为博矣。《类苑书》，至隋唐而亡佚。

（四）其他南朝文士

此期文士可区分为三派：（1）绝对不以文自名者，文多散行。（2）善作章表制诰，但已有统一风格。（3）以文名者，必精于诗，然后作其他文体。

甲、宋

此代作者，谢家人占大部分。

谢瞻、傅亮、谢晦、谢弘微、谢灵运、王微、范晔、袁淑、王僧达、谢庄等是也。

谢瞻，晦第三兄也。惠连，方明子。庄，弘微次子。瞻死于三十五岁，史称其文词可抗灵运。弘微当时颇有名，但诗文不传于今。沈约修《宋书》，将谢氏家风全志于《弘微本传》，称其“生性高俊，少所交纳”。惠连因灵运之称道而有名，灵运有作，每就正焉。死年三十七。庄，章表可抗袁淑，所长在笔而不在文，与灵运、惠连风格不同。

宋代官家文字多出傅亮之手。亮，北地灵州人，年五十三，被诛。三派分途自此始。

王微为琅邪王氏之子孙，为太保王弘弟之子。以作风论，谢氏尚华贵而王氏尚谨饬。微死年二十九。好学不倦，学极广博，有《家诫》，自述生活情形。《宋书·王微传》可代表王氏隐居一派风格。僧达为弘子，文学逊于王微。

范晔，字蔚宗，泰子。泰以章表擅长。蔚宗早年立志修《后汉书》，当时有此志趣者颇不乏人。尝与人书云，初不甚知如何修史，盖以散文作史传之风气当时甚微。既捉笔为史，乃独走一路。又解音律。其为人狂妄似谢氏家风，而学术修养则又似王氏诸俊。

袁淑为阳夏人。文似乃父，有纵横气，仍以章奏名家。

乙、齐

作者计有谢超宗、王僧虔、王俭、王融、周颙、张融、陆厥、孔稚圭、刘绘诸人，并未入《文苑传》，各有本传在焉。

超宗为灵运孙。灵运伏法，其子外谪，家室少衰，至超宗而复振，武帝每以灵运复出为赞，后赐死。

王僧虔，今但知其为大书法家，为人退默，少与人交接，当时与谢庄齐名。王俭，南齐文士多为提举，齐之章表咸出其手。王融，死年二十七，名极高，犹谢氏之惠连。不幸早夭，于四声八病亦多创见。

周颙父子，出自汝南周氏。自东汉以来，家已式微。至齐，而颙、舍父子精于佛理，并晓四声，因复振家声。东晋之士，谈吐每尚清新，齐梁之人，应对则尚宫商，周氏父子即以此擅名。齐武帝尝问颙山居况味，对曰："赤米白盐，绿葵紫蓼。"文惠太子问蔬菜之优劣，对曰："春初早韭，秋末晚菘。"他多类此。

张融、陆厥，均吴人。孔稚圭，会稽人。诸人可代表南方文士。南朝风尚，凡文士必须能赋，自齐梁以后则稍变矣。能赋者不必能诗，如张融即以能赋著名，并不工诗，犹存北方遗风。尝作《海赋》，顾恺之称其未及海水煮盐事，即握管复续四句，其才思敏捷如此。陆厥早卒，以与沈约论四声著名，为机、云后陆氏之白眉。孔稚圭风格似西晋之张季鹰，与张融为表兄弟。其文有嵇阮之风，不好世务，喜山居，门庭不剪，中有蛙鸣，可代表江东任达派。

彭城刘氏为大族，刘绘盖出于此。其为人以二事著名，死于沈约之前。为文有盛名，亦喜谈论，史称其语"顿挫有锋气”。

《南齐书·文苑传》中反有不以文学著名者在。

宋齐两代文学，以形势观之，阳夏谢氏之文士盛于东晋之末，刘宋初则王氏较多，迨齐梁之间而渐减耳。齐梁以后，南方才俊崛起，南北世族相合，而文风益盛。

丙、梁

作者有范云、江淹、谢朏、到沆、任昉、丘迟、刘苞、沈约、张充、柳恽、何逊、庾於陵、刘昭、袁峻、吴均、周与嗣、刘峻、王僧孺、周舍、陆倕、到洽、张率、裴子野、萧琛、殷芸、陆果、谢几卿（灵运曾孙）、徐勉、王籍、刘之遴、伏挺、到溉、谢举（朏弟、沦子）、任孝恭、庾仲容、王筠（僧虔孙）、萧子显、徐摛、庾肩吾，此皆梁之文士。观此名单，王谢二家之文士盖已衰微，即二三流作家在梁者亦寥寥可数。又南北文士几乎相等，如张、颜、陆三家皆吴郡人也。自鲍明远始，东海人忽然抬头，如何子澄、何逊皆是。而江东文士则有柳恽、裴子野，故梁代南北文人之分配已成平均局面，至隋而北人复盛，为梁之反动。上表乃按年代先后排列者，其中影响大者多在武帝时代，可谓为南齐所培养者，至陈而益寥落。至隋，文人之可举者率皆北人矣。故六朝文风之盛，当推宋、齐、梁三代，余仅为其余波而已。

范云，为竟陵八友之一，与武帝同僚。长于书札。幼即与武帝为友，故深获优待。

江淹为平民文士。幼孤贫好学，少交游，至武帝时而名显，晚年有才尽之叹。《南史》谓武帝忌才，淹乃故意造成异梦之传说，韬光养晦，以免及祸。其风近鲍明远，属流走一派。

谢朏为庄子，因世家而出名。

彭城到氏三兄弟，当时名大，而今无传文，故影响较小。

任昉骈文最工。得名之由凡三：（1）地位高，（2）藏书多，（3）有特殊风格。

丘迟亦南方文士，以《与陈伯之书》得名。

沈约以政治地位言同于西晋之山涛，而年又最高，五言诗为当时所称。《梁书》谓其兼谢朓、任昉之长，《诗品》称其诗出于鲍照。然格并不高，其文亦不能与其官级相等，但由文学关系上言，文士多由其奖进而出，是其贡献也。

张充为吴郡人。

柳恽，河东人。西晋之清谈家多河东人，东晋亦然，然文人甚少（文人多出于河北，以生活风格出名者多自琅邪王氏），至梁而有柳恽能书、能诗、能公牍、能琴、能棋，各方面皆长，为后世清客之典型。

何逊代表东海何家，在宋齐时何家多隐者。以五言诗出名，范云、沈约皆盛称之。当时与刘孝绰齐名。

新野庾氏本以政治出名，如庾亮是也。至梁而庾氏兄弟出，以文学称，犹存东晋风格，自成一派，不合时流。

吴均亦南人，史称其家寒贱，均以沈约提拔而出名。后柳恽征之为吴兴主簿。其文清拔有古气，时号为吴均体。著史甚多，今皆失传。其诗今犹脍炙人口。

刘孝标（峻），平原人，亦寒士，官不甚大，为梁两大骈文家之一。幼燃灯读书，至烧发而后起，其成名非偶然也。

王僧孺，东海人，竟陵八友之一，亦当时藏书家之一，以著史书擅名。

周舍，颙子，亦解四声。尝对武帝四声之问，以“天子圣哲”为应。史称其善讽书，音甚轻便，陆倕、任昉最赏识之。为武帝赋《新刻漏铭》，载之《文选》。亦由苦学而成名者。

张率幼时日作诗一篇，武帝书札多出其手。又有《文衡》十五卷，已佚。

裴子野当时与谢康乐并称，史称其文有俗气。以笔著名，有《雕虫论》传世。反对华词艳思，为《后汉书》未成。

萧琛有琅邪王氏作风。

徐勉，东海人，有《妇人集》，为后《玉台新咏》之先声。意者徐氏殆有好妇人作之家风在欤？

王籍以“蝉噪林逾静”出名。

何思澄，其诗曾题于沈约郊居壁上，故有名。

刘杳，甚博览。

萧子显，兰陵人。著史有《后汉书》《南齐书》，唯前已亡。

刘孝绰，幼有盛名，沈约、任昉尝访之，昭明宾客以此君为第一。十四五岁即为朝廷撰作制诰。王谢之外，刘家为当时文风之最盛者，不仅男子有令名，且有女作家三人。

颜协为颜之推父，臧严、顾协均以能赋名。陆倕以作“泰伯庙碑”出名。刘之遴颇为简文所提拔。

王筠为沈约奖举后进中之第一人，幼为沈约所称。沈约作《郊居赋》命筠诵之，平仄颇调，以此相契。又搜集王家文士之作为总集，以为七代文风不绝，并世诸家，唯王氏一家而已。

徐摛为东宫师傅，诗有殊风，人争学之，谓之“宫体”。昭明而外，简文、元帝皆师法之，为文学之大转变，其子孝穆，即承继其家风者也。

丁、陈

作者有沈炯、杜之伟、颜晃、阴铿、江德藻、庾持、许亨、陆琰、陆玠、岑之敬、褚瑜、顾野王、徐伯阳、张正见、陆琛、陆瑜、傅绎、陆琼、蔡凝、阮卓、何之元、江总、姚察等。

此期文人多为梁代所遗，不过死于陈代而已。且与文学关系深者不多，如沈炯，当时名大，而今少人知之。沈炯最善章奏，吴兴沈约之族人也。杜之伟，钱塘人。阴铿，长于五言，工部尝称太白近其风格，盖其诗已带隋唐体性。庾持，好用奇字。江德藻，为江淹之后人。许亨以著史见称，有《梁书》四十八卷。陆琰，其族兄弟数人皆以笔札知名。岑之敬为经学家。褚瑜亦长章奏。顾野王，长于天文各门学问，有《玉篇》。徐伯阳，东海人，张正见，五言诗盛行于隋唐之际。傅绎，诗赋与佛家文字皆有名。阮卓，为陈留阮氏最后一人，深于五言，亦善谈论。何之元，亦史家也。江总实际为梁人，年七十六，卒于陈，诗赋皆精，齐梁文学之殿军也。姚察，以其子思廉著史而有名。由此可见，南北朝结束时其文风士气之转变，已有经学史学家之萌芽矣。

三、南朝文学的几件大事

（一）从梁三朝乐的结集总论南北朝乐府（阙）

（二）文笔说之成立与骈文体变

此段分两要点：其一为文笔名词之来由及成立，其二为骈文体变之经过。

文笔名词之对立，已见于西晋初年，但说法有种种不同耳。有时以文与笔对举，有时以诗与笔对举，有时以词与笔对举。至齐末梁初，始正式成为理论。《文心雕龙》及

《金楼子》各有说法。大概齐梁之际对文笔之说法并无一定，至清阮氏父子作《文笔对》各篇，近人刘申叔作《文笔考》，犹争论不决。总而观之，文笔对举在齐梁犹未有定论，刘氏《文心雕龙》前五篇皆将有韵者置为一组，别将史传诸篇另为无韵之一组，即所谓笔是也。《昭明文选》，犹甚显然。至唐古文运动起，古文与骈文对立，于是骈文中文笔之小对立遂无形消灭矣。

吾人必问文笔对举何以无一定概说，盖由当时人对二者定义不清之故。箴、铭、颂、赞固是文，而奏议、书奏音调铿锵，亦不能以笔目之，故不易作严格之辨识。远寻其源，可得骈文成功之原因。

自春秋时代着眼，直看到徐庾文体之成功，可看出骈文体变之四段落：（1）孔子时代，虽无骈散文之分，而当时人发言多用骈义，说理之正面恐人不明，复言其反面，遂成骈句，如“人而不仁，如礼何；人而不仁，如乐何”皆用二层义说明。至战国诸子受游说家之影响，著书亦用骈义，如孟子之鱼与熊掌对举、生与义对举是也。骈词与骈义又有别，骈义说事之正反面而已，骈词则将文体变为骈体，游说之士实二者并重。（2）楚辞北传，更将骈词骈义加以堆叠，遂成司马相如之赋。即如贾生《过秦论》首段之骈语已与孟子句法不同，其二句同一意义，是即辞赋家堆叠之技巧，如“有席卷天下，包举宇宙，囊括四海，并吞八荒之心”，四句实一意义，此受游说家骈词之影响而流为辞赋家堆叠之现象也。又如“内立法度，务耕织，修守战之备，外连衡而斗诸侯”。此种非骈非散之文体，实为骈文之早期源流。骈文不能独立发展，须待辞赋成立后乃渐具规模。至东汉，班氏父子之赋已极为整齐，散文中亦趋于整齐之美，如班彪《王命论》：“是故驽蹇之乘，不骋千里之途；燕雀之俦，不奋六翮之翼。”此时骈义已失，多尚骈句。四六句在东汉既已有之，何以人不谓之四六，盖辞赋堆叠之风未尽，四六条件尚未具备故也。徐庾四六，实不出于此路。东汉末，孔融《荐祢衡表》，句有“钧天广乐，必有奇丽之观；帝室皇居，必蓄非常之宝”，此句法虽与东汉初年相同，然词意已有变化矣。（3）至汉末，骈文变至不能变之程度，乃不能不另求出路，如曹植《与杨德祖书》、魏文帝《与吴质书》，由二文可得一现象，即文词由东汉之四六句转成多用四字句，而无韵之文为之一新，建安文学之迥异前古，此其大别也。此格来自《诗经》，盖自楚辞北传，诗失其效用，而部分残余势力，犹存乎箴铭诔赞之中，且辞赋为方正之体，虽大而运转不灵，用四字句则转折自如矣。故西晋一代，骈文蔚为大观。刘宋以后再一变，遂成为后代骈文之祖，自任刘以迄徐庾，此时代之变化，遂为唐宋骈文之定格焉。（4）东晋一代，笔多文少，此为骈文转变缓一口气之时代。迄宋齐之际，既不愿如建安之铺陈词彩，又不愿如东晋之笔不尚雕饰，其特点在使文中多转折，故意使句法参差，而分成两派：一为承建安四言格调而不使堆叠，如谢朓《拜中军记室辞隋王笺》："潢汙之水，愿朝宗而每竭；驽蹇之乘，赤沃若而中疲。""沃若"即故意参差文法，不使成绝对者，徐庾体即由此体化出。另一派可以任昉与刘峻为代表，其命笔多用四言，然不用虚词"若乃""若夫"之词汇为转折，却又不流于板滞，清汪容甫辈称之为"潜气内转"，然擅此技者并不多，普通工骈丽者多承流于第一派。自江淹起二派势力均衰，变成另一种流利之骈文，如江淹《诣建平王上书》："昔者贱臣叩心，飞霜击于燕地；处女告天，振风裂于齐台。"此对仗虽工，然一意而作二语，为东汉以后骈文第二度之堆垛作风，此体再一变则直接成徐庾之体，不过更为修饰而已。如徐陵《报尹义尚书》："别离二国，云雨十年。自悬河阳，追铜雀而无远；魂游漳水，与金凤而俱飞。"此即隋唐以来新四六之典型。新旧四六之不同，在旧无定格，随兴而转；新有成规，铺陈可法，故新体之成立，当自徐庾始。又齐梁为文笔相对完成之时期，笔为章奏之属，外与诸子史传相连，即能笔者亦能工子史之作；文为颂赞之伦，而陈隋之际，笔之章奏为文所并吞，颂赞渐归消灭，而章奏竟成为文之正宗矣。仅子史诸类犹为笔之范围，南朝文势至此而发展到极点，剩有北朝之散文独存，为唐代古文运动之暗潮。盖笔既告空缺，不能不将子史挪移过来，而章奏转为余事也。故真正承继文章正统者为古文家，良以史传需要描写，子书需要论议，骈文失此二重要性质，遂以自告衰歇。大凡骈文之愈近于《诗经》者，文学意味较厚；反之，近于辞赋者，则多为虚套焉。

（三）声病论与永明文体

1. 永明体的创始

《南史》四十八《陆厥传》："时盛为文章，吴兴沈约，陈郡谢朓，琅邪王融，以气类相推毂，汝南周颙，善识音韵。约等文皆用宫商，将平上去入四声，以此制韵，有平头、上尾、蜂腰、鹤膝。五字之中，轻重悉异；两字之内，角徵不同，不可增减，世呼永明体。"《南齐书》卷五十二《陆厥传》略同。骈文与律诗之完成，声病论是其背后推进之大力也。

《梁书》卷十三《沈约传》："又撰《四声谱》，以为在昔词人，累千载而不悟，而独得胸襟，穷其妙旨，是谓入神之作。"

沈约《宋书·谢灵运传论》："欲使宫羽相变，低昂互节。若前有浮声，则后须切响，一简之内，音韵尽殊；两句之中，轻重悉异，妙达此者，始可言文。"钟嵘《诗品·总论》："齐有王元长……尝撰《知音》未就。"《南史》卷三十四《周颙传》："著《四声切韵》行于世。"而《隋书·经籍志》则称："《四声》一卷，梁太子傅沈约撰。"

按以上材料言之，周颙实四声说之创始人，余皆推衍其说。八病之前四病，《南史》之前别无记载。沈氏《四声谱》今已亡佚。其他事实见《谢灵运传论》及《梁书·王元长传》（卒年廿七）。而周氏之《四声切韵》，乃以反切而识字之平仄，今亦不可见矣。

夫四声八病之完成当在唐代，以当时习举子业者着意字句之推敲，因而形成一系统之理论也。

2. 声病论之溯源

《南齐书》五十二《陆厥传》："厥与约书云：'自魏文属论，深以清浊为言（按：《典论》云："气之清浊有体，不可力强而致。"）；刘桢书奏，大明体势之致（按：桢书今已不传。《文心雕龙·风骨篇》曰："公幹亦云：孔氏卓卓，信含异气，笔墨之性，殆不可胜。"又《定势篇》曰："刘桢云：文之体指实强弱；使其辞有尽而势有余，天下一人耳，不可得也。"）龃龉妥帖之谈，操末续颠之说。兴玄黄于律吕，比五色之相宣（按：俱陆机《文赋》语）苟此秘未睹，兹论为何指耶？故愚谓前英早已识宫徵，但未屈曲准的，若今论所申。'"陆氏之言，固亦有理。由此书推定，可知声病在当时与文气、体性颇分不开，其来源盖自子桓《典论》所出。故此书颇有文不对题之弊。沈约《答书》云："宫商之声有五，文字之别累万，以累万之繁配之，约高下低昂，非思力所举，又非止若斯而已。十字之文，颠倒相配，字不过十，巧历已不能尽，何况复过于此者乎？灵均以来，未尝用之于怀抱，固无从得仿佛矣。”此处以四声配为五声，二人立论点各有不同，可见声病初起时其背景之复杂。

3. 声病论之推衍者

此部分材料往往为正史所忽略，兹归纳之于下。

《南史·陆厥传》：“时有王斌者，不知何许人，著《四声论》行于世。”日僧空海《文镜秘府论》卷之一云：“略阳王斌，撰《五格四声论》，文辞郑重，体例繁多，割折推研，忽不能别矣。”“略阳”人以为即洛阳之误，然果为洛阳人，南人不会不知，故当以陕西略阳为是。空海来华在唐世，以文宗九年卒于日本。可见其在华时犹见王斌之书，隋唐之际，此书必有相当势力。

《文心·声律篇》之写成，完全受永明体之影响，其中有句云：“凡声有飞沉，响有双叠。双句隔字而每舛，叠韵杂句而必睽。”又“异音相从之谓和，同声相应谓之韵。韵气一定，故余声易遣；和体抑扬，故遗响难契。属笔易巧，选和至难；缀文难精，而作韵甚易”。《南史·谢庄传》云：“王玄谟问庄何者为双声，何者为叠韵，答曰‘玄获为双声，磝碻为叠韵’。”

4. 声病之反对论者

《梁书·沈约传》：“高祖雅不好焉。帝问周舍曰：‘何为四声？’舍曰：‘天子圣哲是也。’然帝竟不遵用。”又《文镜秘府论》卷一载：“江表人士说梁王萧衍不知四声，尝从容问中领军米异曰：‘何者名为四声？’答曰：‘天子万福，即是四声。’衍谓异曰：‘天子寿考，岂不是四声也？’”又同书云：“魏定州刺史甄思伯［按：甄琛，字思伯，魏定州刺史。魏正光五年（524）卒］。著《磔四声论》（见《魏书》本传），一代伟人，以为沈氏四声谱不依古典，妄事穿凿，乃取沈少时文咏犯声处以诘难之。”又云：“若计四声为纽，则天下万声，无不入纽，万声万纽，不可止为四也。”沈答以书云：“作五言诗者，盖用四声，则讽咏而流靡；能达八体，则陆离而清洁（华妍）。”钟嵘《诗品·总论》：“昔曹刘殆文章之圣，陆谢为体贰之才，锐精研思，千百年中，而不闻宫商之辨，四声之论。或谓前达偶然不见，岂其然乎？尝试言之：古之诗颂，皆被之金竹，故非调五音，无以谐会。……今既不被管弦，亦何取于声律耶？……余谓文制，本须讽读，不可蹇碍，但令清浊流通，口吻调利，斯为足矣。至平上去入，余病未能，蜂腰鹤膝，则闾里已具。”

反对四声者大概分为二派：一派为根本不懂四声为何物者，一派为当时守旧分子。由此可见四声之学在当时为一新学，而提倡者则为新派也。

在此有二问题至今犹待解决：（1）四声何以起自六朝？来源如何？（2）八病之说是否沈约所发明。盖今传之八病说乃唐人所记，非旧观也。尤可异者，即当时倡八病说者，其本身作品亦不免此病。

又有二事可说者，即当时提倡之所谓之四声，不与体性相混（《文心雕龙》），则与音乐不分（《诗品》），或许由音乐之调变为四声乎？

又关于八病，陆厥以为沈约所发明，而钟嵘则谓闾里相知，是颇令人迷离。故八病之名声及其意义，至今犹为文学史家所聚讼。

按声病论对齐梁诗无多影响，但与唐代之试帖律诗关系甚大。又声病论是否沈约所发明姑且勿论，但其影响于唐以后文学甚大，则不可不注意也。要之，八病说之兴起与成立，诚属中国文学史上之一大事。

5. 唐人所传声病论之内容

此段材料据日本僧空海《文镜秘府论》所记。按：空海以唐文宗大和九年（835）卒于日本。

八病：

第一平头（又一六犯名水浑病，二七犯名火灭病），五言诗第一字不得与第六字同声，第二字不得与第七字同声。例：“芳时淑风清，提壶台上倾。”《文镜秘府》之外，本国书之记八病者始于南宋人之《诗人玉屑》。空海以宪宗元和年间来朝，归后以梵文造假名，又带回唐人作诗之法等材料。唯《文镜秘府》一书，一部分为原文，后迭有增加，故内容甚杂，八病之说，互有异说，今但摄举其要耳。前四病为诗之平仄问题，后四病为诗之双声叠韵问题。其中旁纽、正纽之名词，南朝书中罕见，故疑是唐人所益。六朝时或仅有前四病，盖根据四声而来者，此说似较可靠。又沈氏所举之病例着重在诗，而《文镜秘府》则文赋并举焉。

第二上尾（或云崩病），五言诗中第五字不得与第十字同声。例："西北有高楼，上与浮云齐。"

第三蜂腰，五言诗第二字不得与第五字同声。例："闻君爱我甘，窃独自雕饰。"

第四鹤膝，五言诗四句中第五字不得与第十五字同声。例："新裂齐纨素，皎洁如霜雪。裁成合欢扇，团团似明月。"

第五大韵（或云触经病），五言诗中若以"前"字为韵，则上九字中不得更安人、津、鄰、身、陈等字。例："紫翮拂花树，黄鹂闹绿枝。"

第六小韵（或名伤音病），除韵而外，有迭相犯者。例："寒帘出户望，霜衣朝漾日。"

第七旁纽（亦名大纽，亦名爽切病），五言诗一句中有月字者，不得更安鱼、元、阮、愿等字。例："鱼游见风月，兽走畏伤蹄。"此双声过多之病也。

第八正纽（亦名小纽，亦名爽切病），五言诗中壬、衽、任、人为一组，如有壬字，不得更安衽、任、人等字。

例："我本汉家子，来嫁单于庭。"

总而观之，按史传推之，八病中仅前四病出现于六朝，后四病当为唐人为考诗赋之便而足成者也。故八病对文学作家影响较小，而于试帖诗赋则为取舍之严格标准。

（四）从陆机《文赋》到刘勰《文心雕龙》

《文心·序志篇》："详观近代论文者多矣"至"无益后生之虑"。

《诗品·总论》：从"陆机《文赋》"至"而不显优劣"。

以上二文所举各家，有的已无遗文可寻，有的尚余残篇，今特整而辑之。西汉论文者特少见，故列以东汉为始。

1. 东汉

桓谭《新论》。《后汉书》云："桓子著书，言当时形势，凡廿九篇。"今已亡佚，但有严辑本之佚文，而其论文之言已不可见。

王充《论衡·自纪篇》云："夫口论以分明为公，笔辩以荴露为通，吏文以昭察为良。深覆典雅，指意难睹，惟赋颂耳。"此可代表汉人对文体整个之看法。又同书《超奇篇》："故夫能说一经者为儒生，博览古今者为通人，能精思著文，连结篇章者为鸿儒。故儒生过俗人，通人胜儒生，文人逾通人，鸿儒超文人。故夫鸿儒所谓超之又超者也。”故汉人以能著书者为高，如子桓《典论·论文》之赞徐伟长，痛惜应德琏，犹是抱此种见解。

2. 魏

文帝《典论·论文》《与吴质书》、曹子建《与杨德祖书》、刘桢奏记诸作（今佚）、应玚遗文（今佚）。前三篇篇幅虽短，而对整个文体之看法几乎面面顾到。良以曹氏昆仲之文，均以成一家之言自许，故着眼立论，迥乎不同；而于辞赋则直以小道视之，至陆机《文赋》之出，文体说始终略备焉。

3. 晋

陆机《文赋》凡十段（序及首段不计）。首段之构思说，后发展为《文心雕龙》之《神思篇》。第二段言措辞，当于《文心雕龙》之《章句》《总述篇》。第三段分叙各种文体，当于《文心雕龙》之前五卷。第四段言声迭代，当于《文心雕龙》之《声律篇》。第五段文繁理富之言，当于《文心雕龙》之《风骨》《定势篇》。第六段言不袭前言，当于《文心雕龙》之《通变篇》。第七段叙文法太繁，无法备述，当于《文心雕龙》之《镕裁》《附会篇》。第八段叙文虽苦构成章，读者是否领略，当于《文心雕龙》之《知音篇》。第九段当于《文心雕龙》之《养气篇》。第十段当于《文心雕龙》各篇之赞，故《文心雕龙》之所以有赞盖受《文赋》之影响极大。《文赋》一文实中国文学理论之瑰宝，然今所传，已经后人裁剪，似非全璧，他书所引《文赋》词句为本篇所无，即此可证。

陆云《与兄平原书》三十五篇，今佚五篇，皆论文之作，唯多吴语，看殊费解，读之可为《文赋》注脚。

挚虞。《晋书》卷五十一本传：字仲洽，京兆长安人。永嘉五年（311）卒。本传："撰《文章志》四卷，又撰《古今文章类聚》，区分名曰《流别集》，各为之论。"按《流别集》为按类选文之文选集，至隋以传抄之困难，分为二部。《流别集》凡四十卷，而《流别集》论文二卷，以后者为较通行，至唐而亡。今严辑本犹存十一条，其面目大约仍自《文赋》之分体而加阐述者。

李充。《晋书》卷九十三《文苑传》："李充，字宏度，江夏人。"《隋志》载其《翰林论》三卷（注曰梁五十四卷）严辑本一卷，凡八条，外《诗品》引两条，共十条。观此佚文知此亦文选之书，而后人仅抄其论，后并论亦亡佚矣。

应贞，为应休琏之子，今存文九篇，不见论文之作。

葛洪著《抱朴子》，外篇为子书，《辞义》《钧世》二篇即论文者。

4. 宋

凡三家有足述者。王微《鸿宝》（《隋志》列为杂家，十卷，今佚。《诗品·总论》特举之)、范晔《自序》（始终不出《文赋》范围)、颜延之《庭诰·论诗》是也。

王微《鸿宝》，见《宋书》卷六十二本传。《隋书·经籍志》杂家《鸿宝》，无撰人。

范晔，事详《宋书》六十九卷本传。《狱中与诸甥书》自序“常耻作文士文”一段，为《文心雕龙·指瑕篇》之大意。“常谓情志所托，故当以意为主，以文传意”一段，为《风骨篇》之大意。“性别宫商，识清浊，斯自然也”一段为《声律篇》大意。“本末关史书”一段为《史传篇》大意。此皆彦和之有得于蔚宗者也。

颜延之《庭诰·论诗》见诸严辑《全宋文三十六》。“至于五言流靡，则刘桢、张华；四言侧密，则张衡、王粲；若夫陈思王，可谓兼之矣”与《文心雕龙·明诗篇》大意相近。

5. 齐

沈约《宋书·谢灵运传论》为《文心雕龙·时序》《才略》《声律篇》之所本。沈书盖杀青于齐代，故列于此。

刘勰，字彦和，东莞莒人，事详《梁书》卷五十本传，《南史》卷七十二本传。《文心雕龙》完成之年代，今虽无定论，然大抵完成于齐代。兹拟彦和年表于下：

宋明帝泰始元年（465）当生此年。

齐武帝永明元年（483）年十九，依沙门僧祐居。

齐明帝建武元年（494）年三十。《文心雕龙·序志篇》："齿在逾立，则尝夜梦执丹漆之礼器，随仲尼而南行。"《文心》之作，当创始于此时。

梁武帝天监元年（502）年三十九，起家奉朝请。

天监三年（504）年四十一，中军临川王宏引兼记室，迁车骑仓曹参军，出为太末（今浙江龙游）令。

天监十年（511）年四十七，除仁威南康王记室，兼东宫通事舍人，迁步兵校尉，兼舍人如故。

普通七年（526）年六十二，临川王宏薨，撰《定林寺经藏》，出家改名慧地，未一年而卒。

此年表对吾人之读《文心雕龙》或不无小补。盖以出处行踪考之，此书当完成于齐代。

自先秦诸子以迄《文心雕龙》之完成，无一书有如《文心雕龙》之整齐、组织完整，其不轻用字，乃受佛经影响者。其次，《文心雕龙》将《原道》《征圣》《宗经》《正纬》列为篇首，以明文之来源，且列道于圣上之前，亦是受佛经影响所致。读此书时，吾人对《文心雕龙》以前之各类典籍尤不能不多方涉猎也。

《文心雕龙·序志篇》自分其书为二部，一部论文，一部论笔。后此文人受佛家影响者更少，故此书不仅前无古人，且亦后无来者。又彦和当时所见之材料至今百难见一，欲为作注，当更难矣。

6. 梁

昭明太子《文选序》为一重要文献。又《答湘东王求文集及〈文章英华〉书》云："夫文典则累野，丽则浮伤，能丽而不浮，典而不野，文质彬彬，有君子之致，吾尝力为之，但恨未逮耳。"亦可见其论文之要旨。

萧梁一家文学，武帝、昭明为一派。武帝论文之作今不可见，昭明之看法仍为东汉以来之正统观念，上举二文，可窥见其略。所申凡二义：一为将特立言之作置于文外，为文作一较明确之范围，所谓"事出于沉思，义归乎翰藻"，虽未明分文笔，但实际已将文笔判然划分，异乎寻常一般所谓之文也。其次则力主丽不浮伤，典而不野，对鲜艳绮靡之作，不甚以为然。而简文辈则完全走开新之一路，《诫当阳公大心书》云："立身之道与文章异，立身先须谨慎，文章且须放荡。"《答张缵谢示集书》云："不为壮夫，扬雄实小言破道；非谓君子，曹植亦小辩破论。论之刑科，罪在不赦。"《与湘东王书》云："若夫六典三礼，所施则有地；吉凶嘉宾，用之则有所，未闻吟咏情性，反拟内则之篇，操笔写志，更摹酒诰之作。迟迟春日，翻学归藏；湛湛江水，遂同大传。"此皆简文之论文主张，与昭明所见迥异。其《与湘东王书》，对唐代古文复兴有反作用之影响，韩柳之"非先秦两汉之书不敢观"，实针对简文之论而发者也。刘彦和列《原道》《宗经》于篇首，亦是受传统看法影响而然。元帝论文作见于《金楼子·立言篇》，分文人为若干类，及文笔分立之因由，较之简文又与武帝稍近。

萧子显《南齐书·文学传论》，乃仿沈休文《谢灵运传论》之体例，由建安说起，然多述文学史实，而少正面主张。

刘孝绰作《昭明太子集序》，其言论亦可代表旧派，与武帝、昭明同一风格。

裴子野尝作《雕虫论》，简文称其不擅篇什之美，而是良史之材。裴则与简文主张立相反地位，反对华饰之文，立论必根据于经史，为唐宋古文家理论之最早根源。

钟嵘作《诗品》。钟氏大抵与刘氏同时，两人年纪相差不过五岁，《诗品》之作，或当晚于《文心雕龙》十年左右。

《诗品》之作，盖亦时代之产物。自挚虞辈选文为若干类，各取代表作数篇，又为每作家作评传，其风遂靡于一世。《诗品》一面为古诗人发榜，取范于《汉书·古今人物表》，一面又论作家，列范文，同于晋世以来文学理论书之编法。其缺点凡二：（1）眼光不甚高。（2）内容庞杂，无甚体系。其论诗唯《诗品·总论》论赋比兴一段略有头绪："若专用比兴，则患在意深，意深则词踬；若但用赋体，则患在意浮，意浮则文散；嬉成流移，文无止泊，有芜漫之累矣。"但《诗品》对使事过多亦深贬斥，且以《诗经》为正宗，虽理论不及《文心雕龙》完密，然比较仍是旧派看法。

7. 陈

陈国祚甚短，其文士又多梁人，故可举者唯后主一人而已。

后主有数短札论文足可举者，中以《与江总悼陆瑜》一书为较著，但甚肤浅，故南朝文学理论，实可至简文而止。

8. 北朝（附）

邢劭，《北史》卷四十三《邢密传》："劭，字子才，河间郧人。"有《萧仁祖（慤）集序》。

颜之推，《北史》八十三卷《文苑传》："颜之推，字介，琅邪临沂人。"有《家训·文章篇》。

由二人之论文看来，南朝文学理论虽是大变，然影响北朝不深，故北朝论文观点仍守东汉之旧。《颜氏家训·文章篇》，内容丰富，又深明南朝文学理论之精华，唯立论之见仍是北派，故可作为六朝文学理论诸作之总结。

南朝文学理论，末流所趋，已入于考试制中，而北朝之文学主张则为唐代古文家之所本，唐古文家之反对考试，盖有由矣。

（五）《昭明文选》与《玉台新咏》

《昭明文选》一书，自陈迄唐初，影响并不甚大，至高宗景龙以来，科举文字兴盛，而举子皆宗之，遂成所谓“选学”。关于《昭明文选》一书之传说，当为唐以后所流传，盖当时类似《昭明文选》之书甚多，此书并不十分出色而为士林所重，按此书升降之关键实在开元年间。

中国文学之集部、别集始于《蔡中郎集》，总集始于《建安七子集》。至于选文而为教本，其事较晚，晋世李充《翰林论》、挚虞《文章流别集》即是一例。然其传世，又不单靠选文，而是独有议论在焉。无议论以选文传世者有宋临川王刘义庆《集林》，《梁书》载二百卷，《隋志》载百八十卷，唐后始佚。此外有孔逭《文苑》一百卷。

其后各书皆亡，《昭明文选》独存，遂大行于世。其序一篇，当亦如《翰林论》及《文章流别集》之性质，关系极为重要。关于《昭明文选》一书集成之历史文献甚少，唯《梁书·王筠传》及《王规传》略有数语，其余传说均无历史根据。大抵此书起于扬州，由是而入洛，去鲁，再传至长安。

《昭明文选》成书年代当在普通七年到大通三年之间，盖其中之文最晚作者为陆倕，倕卒于普通七年，而昭明适卒于大通三年故也。

文体分类自陆机《文赋》、刘勰《文心雕龙》、挚虞《流别》以后，南朝人对文章分类极为琐碎而不具体，《昭明文选》即在此情形下产生者。如立“七”为一体，即不甚妥。又列诗赋为首，影响后世编集之排列甚大。又其眼光不甚高，文章真伪不辨，如《诗大序》《长门赋》《苏李诗》皆伪作，而昭明一例入选，且无辨正。又其中有的文章有割裂而不全者，如贾生《过秦论》、魏文《典论·论文》、嵇康《养生论》、陆机《文赋》，原文皆有所简缩删削者，由其他遗书引证文字可以见出，《昭明文选》亦未有申明。不过有些文章赖《昭明文选》以传，别无他体，后人遂不觉其割裂耳。自《昭明文选》而后，历朝各有文章选本，如《唐文粹》《宋文鉴》等是也。

《玉台新咏》其书甚怪，题作徐陵撰，其序能解者甚少。此书价值在唐以来远不如《昭明文选》，唯清人对此书新旧本之考订甚详，如朱彝尊之跋是也。

其中有皇太子御制诗若干首（简文作），又立有简文诗若干篇，当系后人所附益。由此可考成书年代，盖在简文为太子后也。

梁元帝有徐淑妃。妃，东海郯人，为后宫之能文者，唯品行不佳，元帝废之，使居寺中，相传帝作《金楼子》曾记其事，但今本《金楼子》中已不可见。梁后宫极简单，自昭明以迄元帝，后宫宫人能诗如汉世《房中歌》者舍徐淑妃莫属，且孝穆之得宠未始与淑妃无关，故特命撰成此书以进之。后妃被罪，人并贱此书，于是孝穆亦不敢自认为此书之纂辑者。梁亡，徐归北朝，人多注意其去梁后之作，遂将《玉台》之成书，搁置不提，唯一序存徐集中。此书成于中大通三年左右，时孝穆方见梁元帝，年廿五岁，三十岁而梁亡，乃去北朝，终老其间，故成书年代当在徐廿五到三十岁之间。此书选诗，眼光极肤浅，不过有此书后，且前此又有昭明之《诗苑英华》，隋唐以后，人遂有裁诗文作读本之举矣。

第二编

唐宋文学

叙　说

一、何以要研究文学史

中国文学史之研究，自与西洋文化接触后即开始发生，迄今三十余年矣，有价值之著述当在七十部以上。然皆陈陈相因，无多进步，此文学史之不可不研究者也。吾人之目的，在求新文学史之出现，推动学术之进步。

研究历史如仅知道既往及遗产，则无多意义。夫历史之重要任务，在彰往察来，如中国近代文学成立近三十年，诗与戏剧不能树立固定作风，欲知其前途，则不能不彰往以察来，此历史学家之责任也。故读文学史不唯知道遗产或发掘化石，盖其目的在察来，故彰往之方法，亦将异乎流俗。

中国史体凡三：（1）传记（如《史记》），（2）编年（如《通鉴》），（3）纪事本末（以事为主，将人置事中，叙其本末）。如过分推重英雄与天才，则传记最为适宜，实则无一人置身历史之外，无一人能创造历史，吾人读史之传记，但见零断之天才身世而不知其在历史上之地位，及其产生与转变之原因。吾人今日之研究文学史，乃用纪事本末之方式，分段研究，不仅注意某人某体，尤注重在其间彼此之关系。由此观点，吾人可见今日之中国文学史实一荒原，有待继起者之搬砖运瓦，以建吾中国文学新史之大厦焉。

二、治文学史之重要（或基本）认识

欲治中国文学史者须有下列重要观点：就个人观察，中国文学史虽历年久远，然有三认识可迎刃而解：（1）一体文学之演变，当以有机体视之，勿以为死板之事实。故以生物学眼光治文学史，为利滋大。植物初生，一片绿芽而已，既长乃能辨出为草为树，发枝开花，结果而后知其名目，秋后则又由枯萎以至消灭，文体之发生消长，理与此同。一体文学之生灭，其间转变，犹抛物线然，一体由发生至消灭，而另一新体取而代之，长此递变不绝。（2）生命体之来源何在？一体文学既旧，新体何由产生？余以为凡二来源：①来自民间；②来自外族。持此可打破历史上毫无依傍之天才创作之迷信，如《诗经》灭而楚辞兴，楚在当时为南夷，由此而有汉赋；再四言既敝，五言代起，此乃缘于乐府，乐府实民间之产物也；五七言既敝，则词发生，词缘于大曲，曲为西域之乐，又为来自异域之明证也。（3）站在中国人立场说中国人的话，无论派别若干，吾人可以二点说明之：①诗教（抒情、韵文）；②书教（纪事、散文）。任何文学之派别与争端（中国文学系统）莫能出此范围，唯子书之说理，又不在此列，然子书当属哲学范畴，不可与前者相提并论。故骈文家（韵文）必工诗，古文家（散文）必专史，此种问题不辨自明矣。

三、本期文学史之要点

本段始于隋唐，迄于南宋末年，大约七百年间，此为古代文学与近代文学之分水岭。所谓古代，乃文体之完全死去或成化石者，此段结束于唐朝中叶，近代文学乃目前尚有些许生气者。此段文学史上足以解说汉魏六朝之文学何以结束，下足以述说明清文学之所由形成。故本期精神在叙述由民间兴起之文体既衰，而代之以由域外新潮蜕化而成之文体，北宋后，此域外新潮又涸，遂又有民间文学兴起，话本传奇是也。此外，唐初承六朝门阀之旧，其后乃削平之，而平民文化与朝廷文化得以交通，渐次平民文化居上。吾人于本段史实仅见平民时有创获，朝廷转寂无所闻，此与汉魏之朝廷文学大相径庭，亦中国文化之绝大转变者也。

第一讲　隋唐统一与文学之变古

此段时期包括隋统一迄唐高宗武后时代。

一、南北朝文学之回溯

欲明隋唐文学之来源，及其与前代不同处，则南北朝大势不可不知。吾人可自三方面着眼：（1）中国史上地理之变迁。国史上地理有两天然之界线，一以潼关为中心分为东西，一以长江为中心分为南北。周代即东西对峙局面，迄秦统一皆以西方统治东方；楚之兴也，文化逐渐发展，又与汉成南北对峙之局面。东西对峙，皆在北方，故文化无多差别，而南北则迥然不同矣。三国时，历史上纵横对立皆有之，晋统一东西界限破灭，而南北文化对立生极大之差别。北方为五胡所蹂躏，文化丧零殆尽。南朝文化承东吴东晋不断之风气，无须重新整理，故蔚为大观，论文学史者亦多着眼于南朝。自东晋以来，南北交通隔绝，政治上截然两道，迄梁及齐周时代，始渐有往来，然此交通对文化滋长仍无多效用，北方皆生吞活剥以吸收南方文化者。迄隋唐统一，始见融化，故言隋唐文学实六朝文学之末段，下逮南宋，又与东晋、北朝形势同。（2）文人出身不同，于文风亦极有关。汉代文人出身多系平民，盖由郡守举察而出者也。故两汉文人参政、读书、得名之机会，犹甚平等。三国之乱，政治沦于武人之手，文人非投武人幕府不足以成名。西晋亦贵族政治，故东晋过江名士皆名门也，以致下品无士族，上品无寒门，政治文化咸为贵族（门阀）所包办，直维持至梁代而不衰。由此文学来源日减，技巧日细，下笔风云月露而已。齐梁初，有平民文人之产生，梁中世以后，世家多所没落，而平民文人出身机会遂多，不能不产生科举制以应付之，此为新的变化。而北方华夷杂处，文化何由保存？魏未分时，有在野遗民为之撑持局面，齐周之际，既无士族，则文人多重师承，迄唐初弗绝。科举制兴，此师承制又告破坏，于是士子多以主考官为师，而避免说及其原有师承，故韩愈有《师说》，柳宗元有论师道之文，皆因时而发者也。（3）欣赏文学与应用文学为两不同之道路，在隋唐为一大变。骈文实六朝所养成，声律辞藻，均极考究，此风北朝接受甚晚，迨庾、王北渡，乃传播之。夫骈文之成立，原偏于欣赏方面，自建安已开其端；晋世少衰，宋齐又重其风，作为大规模之应用文字，故北朝承受此种文体，亦但用于应用方面而已（如书札、奏记）。迄唐初四杰为一回旋时期，后此骈文乃专作章奏书札之用，应用范围日狭，遂成定型，此唐四六之所由发生也。再变而为宋四六体。文学方面缺一大片，有待别立文体以为补充，此韩柳古文运动发生必然之势也。复次，唐宋有远谪之风，文人描写范围扩大，此地理之影响文学者。又唐宋文人既多来自民间，故多描写平民生活，较六朝贵族华贵生活之描述，别开生面。又以骈文之衰歇，隐而未现之古文，遂成唐宋文学之主流。

《北史 · 文苑传序》，为整个北朝文学史之叙述。在魏收未成名之前，往往温（子升）邢（劭）并称，温卒，人称大邢小魏云。此三人者为北朝文学之主干，影响后世亦大。《文苑传》称：北朝因牵于战阵，多章奏杂文，无缘情之作。自温子升起，乃有文学新潮出现，然多少仍受南朝之影响，故邢劭尝云："不能作赋者，不能作文人。"又邢魏互讥，邢讥魏窃文于沈约，魏讥邢窃文于彦升，由此可见北人对南朝文风仰慕之盛。而一部分在野之士，仍承东汉余风，主文必出于六经之说。而南朝文士久离此道，读读类书，有典可用足矣。传至朔北，遂有反动风气兴起，苏绰之拟《大诰》是也。至徐陵去齐，庾信、王褒留周，徐庾为六朝文学最末之新体（徐父摛，庾父肩吾，皆六朝宫体诗健将，其子传其风），既入北，遂成非南非北之变质文学，初唐四杰之面目盖由此而出。

而当时南朝人见北朝文，亦具恐慌之感，《魏书 · 温子升传》《南史 · 文苑传》有故事云：张皋使北，挈温子升文归，梁武帝见而叹曰："曹植、陆机复生北土，嗟我词人，数穷百六。”可见南方之文胜质，偶见北方有骨气之作，自然惊赞不置，而北人亦慕南风，遂成交流状态。隋文统一，乃以北方政治统治南方，而文风则南方柔化北方矣。唐之统一，仍沿此大势，古文虽代骈文而兴，然唐以诗为主潮，仍是南方文学之余裔也。至于文坛之主持者，则多系北人，南人之入仕者多遭歧视，如贺知章即是明例。

二、隋唐的科举与士风

就文化史言，科举制实为一大分水岭。自隋唐迄今，莫不如此。虽考试科目不同，然其为目的则一，盖令士人有读书上进之机会也。先秦子家以著书干王侯，末流所趋，成为清客之流。汉文则创孝悌力田以培养礼重士人之风。有此四百年之培养，遂有东汉党锢清流诸公，然其病又在矫情，国势隳败，复成战国局面，文人再度沦为幕客，此建安七子之所由产生也。西晋为贵族政治，文人仍过依附生活，陆机、潘岳等靡不如此。其后一变而为东晋门阀把持之政局，盖魏文创九品中正之制，末流所至，上品无寒门，下品无士族，故此制终告破坏。隋大业二年（606），建明经、进士二科，明经为国子生，进士为外县考生。唐复创制举，即由天子御试而举擢者也。士风因之改变。

隋代考试，不考诗赋杂文，仅考时务策而已。（可参考《唐书·杨绾传》）唐举制较隋为完备，京师有六学，计为国子生三百人、太学生五百人、四门学生一千三百人、律学生五十人、书学生三十人、算学生三十人。国子生多贵族子弟，不愿他去而入太学，在京师号曰国子生。六学之学生通号生徒，除算、书、律三科为专科外，余皆为普通科，可考明经。唐考进士，谓之乡贡郡举。明经考试凡二：（1）帖经（相当于默书），凡五，又帖大经。（2）策论。进士则考时务策，常人以为唐以诗赋取士而诗特盛，其实不然。高宗之前，考试全袭隋制，不考诗赋，玄宗时用立杂文之科，因有诗赋之考科焉。玄宗又立制举，由帝亲试，科目名额皆不限定，且有在礼部范围之内，相当于清代之博学鸿词科，科举制之滥，实肇于此。王应麟《困学纪闻》载，唐代制举科目多至八十六种，每种以四字为科名，如“博通坟典”“洞晓玄经”等，乃学汉代之察举制。玄宗晚年笑话最多，如唐人笔记所载，尝有士人骑马来考“不求闻达”科，何其谐谑。中唐以后，尝一度停考诗赋，又凡来京应考者一例曰进士，及第者曰前进士。

自隋大业二年，迄唐高宗永隆二年（681），科举行已七十余年，流弊盖已丛生。考功员外郎刘思立建言：“明经皆抄义条，进士惟诵旧策，皆无实学，有司以人数充第。乃诏自今明经试帖十粗得六以上，进士试杂文二篇，通文律者，然后策试。”此唐代考试第一次变迁，加试诗赋盖肇于此。高宗、武后两朝，宫廷文学特盛，士人欲进身不能不注重诗赋，此与唐诗发达略有关系。

开元廿四年，请托之风方盛，考功员外郎李昂持正不阿，欲矫此风，试前申令有来请托者，即予除名。有李权者，请昂岳父说情，昂果除其名，权乃纠合徒众大闹礼部，至难解决，以是考试改由礼部侍郎主持，而考生遂又包围礼部矣。代宗宝应二年（763），礼部侍郎杨绾上书曰："幼能就学，皆诵当代之诗；长而博文，不越诸家之集。递相党与，用致虚声，'六经'则未尝开卷，'三史'则几同挂壁……祖习既深，奔竞为务，矜能者曾无愧色，勇进者但欲凌人，以毁讟为常经，以向背为己任。校刺干谒，驱驰于要津；露才扬己，喧胜于当代。"此数语不但写尽玄宗一代考试情形及士风，即有唐一代之科举内幕亦可了然，为唐代文学史之重要材料。由是引起士人怕说师承之风气，韩愈之作《师说》实由此而生之反响也。唐诗之发达殆与此有密切关系。盖士未达时，先以书寄京师亲友，以示己意；既入京，投刺宰相之门，以诗呈上，谓之行卷，久不得报，又复呈之，谓之温卷；如仍不理，乃至于三、四呈诗，退之四上宰相书，实以士风所趋，不得不如是耳。开元天宝年间，行卷者虽不得第，亦可从宰相家领取路费，故士人专精于诗技。中唐以后，行卷之诗一变而为传奇，此又韩柳古文运动之所以促成也。

自科举制兴，六朝门阀气消，而寒门穷酸之气毕露，士人生活乃大改变。杨绾以后，又有贾至上书，将安史之乱全归罪于科举，言甚沉恸，因建议各道多立学校，以救士人之空疏，又设孝廉科，以砥砺士行，惜二事均未能实行。文宗大和七年（833），李德裕为相，主张进士停试杂文，视选学如寇仇（按：前此士人多由选学进身，故老杜令其子精熟《文选》，盖以应试）然牛李党争极烈，及李罢相，复试杂文。文宗开成五年（840）李复相，奏“禁进士期集参谒曲江题名”，情形较为好转，然此后藩镇渐强，文人多往依附，国定考试遂失其重要性，温庭筠数为考场枪手，即其例也。

当时士人无论考取与否均纪以诗，落第有哀愁诗，及第有欢快诗。兹以孟郊为例，《落第》诗云：“晓日难为光，愁人难为肠，谁言春物荣？独见叶上霜。雕鹗失势病，鷦鷯假翼翔。弃置复弃置，情如刀剑伤。”次年又下第云：“一夕九起嗟，短梦不到家。两度长安陌，空将泪濺花。”及第诗则态度语气迥异，如“昔日龌龊不足嗟，今朝放荡思无涯。春风得意马蹄疾，一日看遍长安花”。如为制举及第，则更得意，如元稹制举及第自述诗云：“延英引对碧衣郎，江砚宣毫各别床。天子下帘亲考试，宫人手里过茶汤。”真可谓露才扬己之作，唐代考试制度于此可见。如久不及第，在初唐时则闹怪事以广声誉，陈子昂捶破百金胡琴即是一例。或献赋于大典礼之间，老杜献《三大礼赋》，即其例也；或跪天子车前献诗，而跻身侍驾之臣，所谓终南捷径是也；再则如温氏父子专作枪手，或落第题诗志哀，希图达官见而顾怜，种种怪事，不一而足，士人廉耻扫地，

故宋代遂有理学兴起。（以上一段可考《新唐书·选举志》《旧唐书·杨绾传》《贾至传》）

三、唐初南北文风之残存

唐初文人多为北籍，而文风则南化矣。此与徐庾留北有关。

吾人可从两方面考察隋唐之际诸文人：其一为原生长北方者，其二为原是南人因统一而带来北方者，然后者仅居二十分之一而已。如隋炀帝平陈，携回文人有河东柳䛒、高阳许善心、会稽虞世基，皆有北方文学根底而具南方文风者。唐初十学士中南方仅三人，如虞世南、褚亮等是，然皆不常为文，故世南固以书法名家也。

（一）唐初的子家和史家

子书以立言为主，以持论为本。持论在两晋已变为清谈，故不甚发达。若葛洪之撰《抱朴子》，乃超于时代风气之外者也。故终南朝之世，但有文人而无学术，而北朝为草莽时期，末年，颜之推自南返北，乃有《颜氏家训》之作，亦可归入子书范围。隋唐之际，子书可称道者唯王通（文中子）之《中说》。此人身世极为模糊，为隐君子，故《隋书》及《新唐书》《旧唐书》皆无传。通尝讲学于龙门，唐初之文人学士，多自认出其门下。通之见于史传，盖附于其孙《王勃传》：“初，祖通，隋末居白牛溪，教授门人甚众。尝起汉魏尽晋，作书百二十篇，以续古《尚书》。后亡其序，有录无书者十篇，勃补完缺逸，定著二十五篇。”此记述并未及文中子或《中说》。至开元天宝间，始有《中说》出世，阮逸为之作注，且为序曰：“《中说》者，子之门人问对之书也。薛收、姚义集而名之……贞观二年，御史大夫杜淹始序《中说》及《文中子世家》，未及进用，为长孙无忌所抑，而淹等寻卒……二十三年，太宗殁，而子之门人尽矣。惟福畤兄弟传授《中说》于仲父凝，始为十篇。”《中说》来历，当以阮序记述为最早。今吾人所见《中说》面目仍是十篇，分上、下卷。上卷有王道、天地、事君、周公、问易五篇，下卷有礼乐、述史、魏相、立命、关朗五篇。由于史籍无记，此书遂为人所疑。近人有《文中子考信录》一书，可以参考。吾人叙此，不在考订此书之真伪，而在说明韩柳古文运动之前身。按六朝时，南方文学自成发展系统，而北方有二力量阻止文学发展，其一为怀念西晋文风之旧；其二为北方文学无系统发展，不得不受南方影响，而另一辈人反对之，乃提倡绝对复古，一字一句，咸模拟之，如苏绰之《大诰》是也。然徐、庾北去，北人争效其体，故隋时北方文体已归南化，故有李谔上书请正文体之事（参考《隋书·李谔传》）。此代表北方文人之保守性，既不能新创风格，又不甘同化于南方文学潮流。王通《中说》之作，即此种性格之具体表现，书仿《论语》，自成一家之言，一似扬子云之仿《论语》《易经》而作《法言》《太玄》也。唯此种复古倾向，极为笨拙，迨开元天宝间，乃渐不振，然文人复古心理，仍未尝泯灭，遂有李华、独孤及、韩、柳古文运动之勃兴。王通另一著述，按《王勃传》记述推之，当亦模仿《尚书》而成，同是代表北方复古心理之作。

南朝既倡骈文，兹体不宜于传记，故终南朝之世，可传之史书，唯范晔之《后汉书》，沈约之《宋书》与萧子显之《南齐书》耳，余皆亡佚。《晋书》至唐初始告完成。北朝有郦道元之《水经注》及杨衒之《洛阳伽蓝记》，皆以散行文书之，虽非史籍，其为记述则一也。

唐初史家有李百药，字重规，定州安平人，隋内史德林子，撰《北齐书》五十卷。姚思廉，雍州万年人，陈吏部尚书姚察子，撰《梁书》五十六卷、《陈书》三十六卷。令狐德棻，宜州华原人，撰《周书》五十卷。魏徵，字玄成，魏州曲城人，撰《隋书》八十五卷。李延寿，相州人，撰《南史》八十卷、《北史》一百卷。温大雅，字彦弘，太原祁人，撰《大唐创业起居注》三卷。《晋书》号为太宗御撰，盖其中《陆机传》与《王羲之传》太宗尝为题赞故也，此皆北方文人之作。故北朝之复古成绩，子书方面有《文中子》，史书方面有上述诸史籍，二者合流，即北朝文学之所以影响唐代古文运动者也。

（二）初唐四杰

四杰中，唯骆宾王为义乌人（南人），然四人所代表者皆为南方文学系统，为徐、庾北去后北方文风南化所成文体之继起人。《新唐书·文艺传序》："唐有天下三百年，文章无虑三变：高祖太宗，大难始夷，沿江左余风，絺句绘章，揣合低昂，故王、杨为之伯。"四杰连称始见于《唐书·文苑传·杨炯传》："炯与王卢宾王以文词齐名，炯尝谓人曰：'吾愧在卢前，耻居王后。'当时议者，亦以为然。"又曰："此后崔融、李峤、张说俱重四杰之文，崔融曰：'王勃文章弘远，有绝尘之迹，固非常流所及，炯及照邻可以企之，盈川之言信矣。'"又曰："盈川文思若悬河注水，酌之不竭，既优于卢，亦不减王，耻居王后，信然；愧在卢前，谦也。"又《文苑传·王勃传》："初吏部尚书裴行俭有知人之鉴，曰：'士之致远，先器识而后文艺，勃等虽有文才，而浮躁浅露，岂享爵禄之器也？杨子沉静，应至令长，余得令终为幸。'果如其言。"四杰之称，当时已有之，与李杜为后世所合称者不同。裴氏之言亦代表北方风气，后古文家必讲道德以此。

王勃，字子安，绛州龙门人，文中子王通孙，诗人王绩侄孙，据《旧唐书》本传，勃生太宗贞观二十二年戊申（648），卒高宗上元二年乙亥（675），年二十八。《新唐书》称卒年二十九，两书所载不合。近有主张《新唐书》《旧唐书》皆误，据王勃《春思赋序》考之，咸亨二年勃年二十二，则当生于高宗永徽元年（650），卒于上元二年，毕生年龄当为二十六。勃六岁能文，九岁读《汉书》颜注，著《指瑕》以难之。十七岁上书刘祥道，得荐于朝，应幽素举。十九至长安献颂，居沛王贤府修撰，以草《斗鸡檄》婴高宗怒，贬虢州。杀官奴曹达，事觉当诛，会大赦得免。父坐勃故贬交趾令，上元二年，勃往省父，过九江，成《滕王阁序》名作，溺死去交途中。

杨炯，华阴人。高宗仪凤二年（677）献公卿冕服议，武后天授元年（690）左转梓州司法参军，迁盈川令。吾人假定其生年为高宗显庆元年（656），卒武后天册万岁元年（695），约三十九岁。炯以为官时间较久，故制诰为多，而诗则为四杰之殿。

卢照邻，字升之，范阳人（范阳卢氏原为北朝望族）。《唐书》载其十余岁从曹宪、王义方受《苍》《雅》及经史，曹为选学大家，故卢之文风仍承南朝之旧。尝官蜀之新都尉，以风疾去官。后作《五悲文》自悼，投颍水死。吾人假定卢生于高宗龙朔初年（661），卒武后久视元年（700），年亦四十左右。其文多写个人怀抱，近乎子书，与余三杰不同，盖与陈子昂差近；诗则与王相抗，多五七言长篇。

骆宾王为四杰中唯一之南人，浙江义乌人。《新唐书》

《旧唐书》载其事甚少，欲知其详，可参考其自作之《畴昔篇》。在四杰中游踪最广。生贞观十年（636）。裴行俭征西域，骆尝掌书奏。既归，又奉使入蜀，为四杰之最后入蜀者，年四十六，将归浙，作《畴昔篇》，至扬州逢徐敬业申讨武氏之役，为作檄文，后亦叹服，七十余日而败。《新唐书》载与敬业同时被杀，传首至洛阳。《旧唐书》载亡命不知所终，因有与宋之问联句之逸事流传，如其然，此时当七十三岁矣。但此事仅可存疑，聊备一说耳。四杰中当以骆才气为最大。

四杰余风，至玄宗朝而衰谢，故老杜有“轻薄为文哂未休”之句，可见当时少数人对四杰诗文讥评反感之甚，与前此张说、李峤诸公之推崇语不同，于此可瞻初唐风格之转变。

四杰与当时（武后朝）其余文人作风不同之点在少奉和应制之体。盖自梁末陈初以来，文人被蓄为帝王卿客，陪宴时必有制作承欢，此风至唐初弗坠，沈、宋即其代表。由是言之，四杰虽为南朝文风，而做人态度似又为北朝之遗。

四、唐代文学主潮之萌芽

所谓唐代文学主潮，一为唐诗，一为古文，二者均萌芽于初唐，吾人可举四人代表其开山祖。

（一）沈佺期与宋之问

《旧唐书·文苑传》：“沈佺期与宋之问齐名，时人称为沈宋。”

《新唐书·文苑传》：“魏自建安以后迄江左，诗律屡变，至沈约、庾信，以音韵相婉附，属对精密。及之问、佺期，又加靡丽，回忌声病，约句准篇，如锦绣成文，学者宗之，号为沈宋。”

沈佺期，字云卿，相州内黄人，约生高宗咸亨二年（671），卒玄宗开元元年（713），约年四十二。

宋之问，字延清，一字少连，汾州人(一云虢州弘农人)。约生高宗咸亨元年（670），卒睿宗先天元年（712），约年四十二。

二人者最多奉和应制诗，此沿乎南朝末流之风气。唐重节令，帝王尤喜点缀令节，如上巳必修禊曲江，端阳赐樱桃、九月九日登慈恩寺塔、十月幸华清宫，为一年四大节令，每行必有诗作。沈、宋为武后侍从之属，以媚附二张得名，后亦坐是赐死。二人品格一仍陈、隋文人之旧，故作风亦如之。五七律近体诗格，即完成于二人之手。

通常咸以绝句成于律诗之后，故宋人有截句之说，实不尽然。吾人能明乎律诗之来历，则可决定沈宋之地位。五古转变在谢灵运手中为一大关键，东晋之诗与魏晋相去不远，多保留散行风格，至谢一转而为对起对结，往往奇突而起，奇突而绝。至小谢而注意结句，当时诗无一定句数，迄竟陵王子良门下一辈人乃注意音节、平仄矣。沈氏八病四声之说，对律诗完成仅为间接影响，直接影响为徐摛、庾肩吾二人，徐庾宫体诗自此而成，无形中形成十二句体，最多不能超过十六句，最少不过十句，为前古所未有之形式，至沈宋遂完成八句之律诗定体。按十二句为三节四句体所合成，四句体来自《子夜吴歌》，为避免过分板滞，梁陈人往往将两组四句外加二句，成为十句体，为对起单结。十句中易于抽出四句独立体，至四杰已成功矣，是为绝句。后感觉最后二句不称，截而去之，遂成八句，依绝句四句之起承转合，遂成律诗定体。此发展之新体，最初用于宫廷应制诗，以其堂皇靡丽故也。盛唐绝句发达，律诗多变，古诗与唐诗间之桥梁，自非沈宋莫属也。

（二）陈子昂与张九龄

陈张以前，亦有数人为复古运动者，然非陈张面目。略述于下：

富嘉谟，雍州武功人。吴少微，新安人。《唐书·富嘉谟传》："先是文士撰碑颂，皆以徐庾为宗，气调渐劣，富嘉谟与新安吴少微属词，皆以经典为本，时人钦慕之，文体一变，称吴富体。"此较苏绰之生吞活剥之仿古体已进一步。陈张之起，以个人性灵入文词中，遂开韩柳古文风气之先。

此外，当时尚有所谓燕许大手笔，苏颋、张说是也。颋，字廷硕，苏瓌子，封许国公；说，字道济，洛阳人，封益国公，皆掌制诰，时谓之燕许大手笔，然仍多承先之风气，启后之功，不能不让诸陈张也。

陈子昂，字伯玉，梓州射洪人，入《新唐书·文艺传》。唐有二文人身世特殊，子昂与太白是也，皆蜀人。蜀在三国时文学发展情形极明，自六朝迄唐代则甚模糊，子昂即在此时诞生，为文超然于时代风气之外。据其所撰乃祖父乃父之碑铭记述，其先在梁，为蜀官，世居于蜀，又与其他数姓合成二郡，俨然封建诸侯。其祖好道。子昂年十八尚任侠，不知书，闻人读书声，乃发愤，攻三年，二十一岁乃入朝，而人莫知其名，乃借碎胡琴事噪誉当世。武后闻之，召为从事。其为文章，既不似南朝之靡丽，又不似北朝之特古，盖蜀与南北朝交通阻绝故也。尝一度出征关外，既归，郁郁不得志。家富，为射洪县令段简所诟，诬下狱，以二十万贻之，仍不得出，乃忧愤卒，年四十三。《新唐书》载王适见陈咏怀诗，叹曰："此子必为天下文宗矣。"遂订交。按《感遇诗》出自阮嗣宗《咏怀》，又出自曹子建《杂诗》，皆无题，随兴陆续写成，故内容不专一事，体裁不专一体，不必为一时之作也。学阮诗者，前有士衡、渊明，整个南朝无只字可言，此可证明作者个性之泯灭，此体遂中断若干年。子昂初至长安为人所赏以此，《旧唐书》不载此诗之数，最早见于白乐天《与元九书》中，云是二十首，后人以其他无题诗凑成今见之篇幅。此诗在当代已为人所推崇，昌黎诗云："国初重文章，子昂始高蹈。"《感遇诗》人多以一组目之，实误。愚尝详考其本事，知其诗不虚作，乃作者对时代有个人之看法与批评，此为南朝士大夫所不能仰止也。直抒胸臆，不假雕饰，此唐人五古之创格，故南朝五古不能化作散文，唐五古则稍加增削便成散文，此风自子昂始。子昂诗之做法，个人并无系统之理论，有之则仅见于《与东方左史虬书》数语耳，另见《修竹篇序》："文章道弊，五百年矣。汉魏风骨，晋宋莫传，（中略），仆尝暇时观齐梁间诗，彩丽竞繁，而兴寄都绝，每以永叹。"此数语中提出"风骨"与"兴寄"两重点，信为南朝文士所未尝梦见，而作者之诗确能实践其个人所提倡之理论，故能卓然成家也。

九龄成就在其相业，而不在诗，诗固与子昂同一格调。字子寿，韶州曲江人。十三岁见广州刺史，上书言国政，张说贬岭南，见而大悦，特引荐之，至于拜相。后告归，再出为荆州令。其后以疾卒于家，封伯爵。其《感遇诗》十二首，与子昂诗同为开时代风气者。

此段自高祖开国迄开元之初，凡五十年，为八代余风之所及，盛唐面目盖胎孕于此。

第二讲　开元天宝之国势与文学

初唐尚有二大事留后再讲，一为玄奘之译佛经，一为刘知幾之撰《史通》。

一、胡乐胡舞及其曲辞

第一，吾人当述开元极盛时以长安为中心之与诗有关系之时势。南朝人目光皆集中长江之东西，然极西之上峡风物亦未企及，故心胸极为狭窄。北朝与西凉交通，迄隋唐而益盛，人心目中之北方遂成胡汉杂居之文化局势。太宗二十余征伐，结果东路大通；平契丹与奚，时谓之两番，此向东北开展，但并未拿回若何文化，但取得高丽之舞而已。第二，南北统一，朝廷贬谪极为严重，廷臣被罪往往徙至岭南或交趾，文人生活扩大，内容遂极富厚。交通因此发达，沿交通线之风物亦粲然可观。同时北方军粮仰给于南方，而海运随之发达，文人又增加海上生活与经验。玄宗一朝对交通复作新的发展，盖东北通路既无问题，乃别征西域，征吐蕃（青海）及突厥（新疆北），此路一通，则吐蕃与突厥之文化及西洋中古文化均由此通路而集中于长安。又令李宓征云南，自交趾入兵，建万人冢，自此经川入陕之路亦通。故长安成为当时亚洲文化之中心，所有文学艺术，皆先在此地孕育，再散播其种子于各地。兹画当时长安市区图形于下：

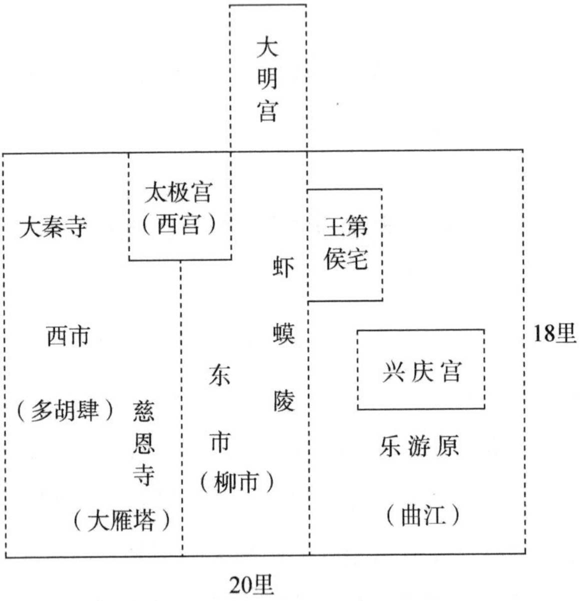

太极宫分为两部分：内为宫廷，外为官署。高宗以前，朝廷中心在此。高宗晚年因风湿病，另在东北角土丘上筑大明宫，中有蓬莱阁等名胜。玄宗勤王胜利以后，登极时又建一兴庆宫，中有龙池、沉香亭、勤政楼等建筑，帝常临幸其地。东市多柳，故名柳市。其北为虾蟆陵，多歌伎；南为慈恩寺，玄奘法师译经处也。中有大雁塔，为中举文人集宴题名之所。市极东为兴庆宫，其南为曲江，江与兴庆之间为乐游原。西市极冷落，多胡肆，开设商店，以胡女为招待，文人称胡姬焉。

二、胡乐之流行与雅乐之消亡

（一）唐代乐舞变迁之五个时期

此乐舞五期之变化即文学史之变化，影响各有不同。唐文化乃承自北周及隋，故其舞乐显与南朝有别，乐亦不同。南朝清乐乃以琴瑟为主，琵琶自三国已有之，名曰阮咸，后人称秦汉子，以别于唐代之胡琵琶。唐之燕乐二十八调，盖与胡琵琶有关。

第一期——自高祖武德初至高宗显庆中约四十年。隋开皇中定置七部乐：国伎、清商、高丽伎、天竺伎、安国伎、龟兹伎、文康伎是。此合南北乐为一系，就此可见出胡乐势力之大。国伎本于北周，取自西凉，隋之国乐，实西凉乐也。清商伎来自南朝，至唐代则以龟兹伎为主体矣。文康伎来自波斯。故七部乐中，胡乐占七分之六，唐代胡乐之盛有自来矣。炀帝大业中定置九部乐，有意抬高南朝雅乐地位，以清乐为第一，其次第为：清乐、西凉、龟兹、天竺、康国、疏勒、安国、高丽、礼毕（文康）。

唐代耍狮子时则奏文康乐。唐高祖定置九部乐时唯移动其次序而已，即燕乐伎、清商伎、西凉伎、天竺伎、高丽伎、龟兹伎、安国伎、疏勒伎、康国伎是。燕乐伎仍西凉乐。太宗平高昌，加入高昌伎，于是初有十部乐。吾人读唐人乐府诗与南朝有显然不同之处，即很少有人用六朝旧调也。

第二期——武后至中宗约五十年。武后分十部乐为两部，即坐部伎与立部伎是也。坐部伎为堂上小规模之歌舞，立部为堂下大规模之歌舞。坐分为六而立分为八，较原十部多出四部，此为唐人之创造。坐六部为：《燕乐》（四十人）、《长寿乐》（十二人）、《天寿乐》（四人）、《乌歌万寿乐》（三人）、《龙池乐》（十二人）、《破阵乐》（一百二十人）。每部包含音乐、歌唱、跳舞三部分，故每部均有舞人。破阵乐一称《秦王破阵乐》，为太宗封秦王时纪念武功而作之乐，声调极雄壮，初由百二十人戴甲而舞，迄武后时人已减少，故立为坐部伎，玄宗时则由四舞女舞之，变化极大。立部伎八部为：《安国乐》（城乐——八十人）、《太平乐》（五方狮子舞——一百二十人）、《破阵乐》（一百二十人）、《庆善乐》（六十人）、《大定乐》（一百四十人）、《上元乐》（一百八十人）、《圣寿乐》（一百四十人）、《光圣乐》（八十人），此胡乐之国化者也。《安国乐》以八十人围成四方形戴面做羌胡状。《太平乐》仍是波斯舞。《破阵乐》一名《七德舞》，为武舞。《庆善》《大定》皆为文舞，《上元乐》有道家风味，舞时着云衣，此皆武后朝所创制。《圣寿乐》为帝诞日所奏乐，一名字舞，以末排成字形而得名也。《光圣乐》为玄宗时所增益。

第三期——玄宗开元至天宝约五十年，此为最主要时期。玄宗朝之乐仍存旧名，但升立部于堂上，不以人数多寡而为升降之标准，唯以是否悦耳为定，稍次之乐工，使习立部乐于堂下，再次者习清商，故香山曾作《立部伎》以伤雅乐之沦亡。又在太常署选三百人，称梨园子弟，由帝亲自教练，然帝常流动于各宫，一二百人不能常随伴之，乃别选三十人为小部音声，可见以前之大舞已少用，非大典不轻奏也。此时之乐以龟兹乐为主，其乐为琵琶与羯鼓，故玄宗朝不少琵琶名手，帝亦以善羯鼓见称。

第四期——大历贞元至元和长庆约六十年，为藩镇崛起时期，乐舞渐少发明，天宝乱后，乐工流散四方，宫廷音乐得以流行民间，而民间土乐未经朝廷采用者皆参入之，遂奠定五代北宋词调之规模。

第五期——自太和至唐末约八十年。民间唱曲渐多，后代词与杂剧导源于此。

（二）十部乐与三大舞

十部乐贞观时即已拟定，武后、玄宗时虽略有变，但每逢大典，仍以十部乐为主，除去高昌乐外，与隋炀帝九部相同，唯隋以西凉乐为主，而唐以龟兹乐为主耳。南朝乐舞多用十六人，梁武帝变为八人，可见已渐由大典变为私人娱乐矣。唐初十部乐皆有舞人，人数亦超过十六以上，太宗为纪念武功，自创三大舞:《七德舞》《上元乐舞》《九功舞》是也。自周代以来，朝廷大典时以二舞为主体，所谓“文舞”与“武舞”是也。周之“文舞”为“大夏”，以羽旄为主；“武舞”为“大武”，以干戚为主，后代每朝新兴，皆须另订一遍，迄民国而弗坠。唐三大舞中，《七德舞》为“武舞”，一名《秦王破阵乐》，《新唐书》记载有不同说法，《乐志》以为一百二十八人；《武后纪》以一百二十人，皆披银甲，变幻十二阵势，以纪念太宗十二武功。高宗即位，神经衰弱，畏大舞，改为《神功破阵乐》；玄宗时又制《小破阵乐》，以四人为舞；玄宗暮年改为女舞，易银甲为丝绣之物，已极其变，迨白乐天作《新乐府》时已凌夷不堪，舞容不复如旧。唐末藩镇擅地自雄，皆蓄《破阵乐舞》，后变为词中之《破阵子》牌词。《七德舞》以龟兹乐为主，多用各种羯鼓，故唐代之乐舞与鼓的关系极为密切。《九功舞》一名《庆善乐》，作于贞观六年，为“文舞”，以小儿六十四人舞之，舞者冠进德冠，紫袴褶、长裳、屣履（唐乐舞以龟兹乐为主者，舞者皆着靴，此《九功舞》屣履则为西凉乐）。凡唐人所称雅乐，二乐器不可少者，钟磬是也，龟兹乐则用鼓与琵琶，西凉乐介乎二者之间，既用鼓，亦用琴瑟，为胡乐汉化之证明。《上元乐舞》，高宗时始有之，高宗好道，制上元乐所以为道教者也。以一百八十人舞之，舞者皆着画云衣，备五色，成为定制。玄宗以前，大典皆用之，至武后改为“坐部伎”与“立部伎”，则又一变。

（三）“坐部伎”与“立部伎”

“坐部伎”六部中《燕乐》为独立的，为胡乐经汉人改制者，用琵琶。《龙池乐》为“坐部伎”中唯一保留南朝旧曲者，余《长寿乐》《天寿乐》《乌歌万岁乐》《破阵乐》皆龟兹乐也。《立部伎》中，《太平乐》《破阵乐》《大定乐》为龟兹乐，《庆善乐》为西凉乐。另外四乐尚不可考，故就已知十部乐言之，只三部为国乐，十部之七为龟兹乐。坐部、立部分立之日，即龟兹乐完成之时，至玄宗时，雅乐日益寖废。

（四）清乐曲调之残存

清乐本身以琴瑟为主体，西晋以后，清乐中加入琵琶（今之月琴，一名阮咸，非胡琵琶），龟兹乐入中国后，人称其琵琶为秦汉子，或称胡琵琶，或胡拨，后阮咸失传，人遂以胡琵琶名琵琶云。最初乃以拨子弹之（日本尚存此风），元和后渐用手指弹之，谓之“搊琵琶”，北宋时，拨子遂少人用矣。南朝旧乐府诸调，至唐初人渐少用，遂以失传，武后时清乐存六十三曲，中宗初只剩卅一曲可歌，余谱皆亡。玄宗时存八曲可以入乐，即《明君》（《昭君辞》)、《杨叛儿》《骁壶》《子夜春歌》《子夜秋歌》《白雪》《堂堂泛龙舟》《春江花月夜》，此曲玄宗后亦无人能歌矣，故此曲调唐初尚有人写之，中唐以来，即代之以《竹枝》等调。故玄宗朝实为胡乐、雅乐之转换时代。

（五）四夷乐之内容及主要胡舞

1. 四夷乐与十部乐之比勘

所谓四夷乃分四方而言：①东夷乐有：高丽、百济。玄宗时，高丽乐犹存，用者为《胡旋舞》，帝极爱之，为足踏两球而舞，不使坠地，白氏《新乐府》中《胡旋女》篇称禄山、太真皆善此舞。中宗时百济乐工多亡散，玄宗时岐王好乐，思重兴百济乐，卒因缺亡过多，未能实现。②北狄乐有三部：鲜卑、吐谷浑、部落稽是也。鲜卑语北朝以来即甚流行，《颜氏家训》尝言及之，吐谷浑较晚，部落稽不可考，《唐书·乐志》称三者皆马上之声。此三部乐唐初犹存五十三章，不仅为胡曲，辞亦胡语也。《乐志》谓："五十三章，可解者六章：'慕容可汗''吐谷浑''部落稽''钜鹿公主''白净王太子'（印度)、'企喻’（蜀）。”此六章与北朝乐府时相混杂。北狄乐之传入与演变、奏法如何、始于何时，皆不可考。贞观中，将军侯贵昌世传北歌，谓之大乐，惜后世对此记载多缺，故北狄乐诚为文学史上一大空白也。③南蛮乐分为：扶南乐，来自今安南（越南）中部、南部，舞者二人；天竺乐为十部乐之一，《唐书》载此乐多幻术，演奏多印度人。高宗神经衰弱，曾下令禁演。南诏乐来中国较晚，其地为今云南中部、南部，贞观中，南诏异牟寻遣使诣剑南节度使韦皋，且令骠国进乐，皋乃作《南诏奉圣乐》，舞六成，工六十四人，赞引二人，序曲二十八叠。骠国即今缅甸北部，二十八叠较《霓裳羽衣曲》多一半。贞观十七年，骠国王雍羌使其弟又诣韦皋献乐谱，以其声容名《骠国乐》，香山《新乐府》中有《骠国乐》与《蛮子朝》两篇，描写南蛮乐极详细。④西戎乐有：高昌、龟兹、疏勒、安国、康国，皆在十部乐中。近代史家言亚洲文化者，皆云当时唐朝为亚洲文化中心，其实在当时西方势力极大，东部、北部皆若存若亡，西戎乐在唐代几乎掩盖一世。

2. 龟兹乐与西凉乐

隋沿北周故习，仍以西凉乐为国乐，开皇中，龟兹乐已分三部：西龟兹（保存龟兹面目最多者）、齐龟兹（已渐中国化，为齐所遗）、土龟兹（较二者更中国化，由新疆而甘肃而陕西），由此可见龟兹乐其来之久，及其华化演变过程，但其中仍有几分根本不变之元素在，此又可见华夷乐曲之分野。主要是乐器不同可影响调之差异，兹列表说明于下：

表一：弦乐

清乐	钟一 磬一		筝一	卧箜篌一	筑一	琴一	瑟一 连琴一 三弦琴一	秦琵琶一
西凉	同上		弹筝一 搊筝一	同上	竖箜篌一	琵琶一	五弦琵琶一	
龟兹	玉磬二	大方响	搊筝一	同上	小箜篌一	大琵琶一	大五弦琵琶一	小五弦琵琶一

表二：吹乐、板乐

清乐	笙二	管二	箫二	叶二	笛二	节鼓	歌工二
西凉	笙一	小筚一 筚篥一	箫一	铜钹二	横笛一 笛一	担鼓一 腰鼓一 齐鼓一	
龟兹	小笙一 大笙一	小筚篥一 大筚篥一	小箫一 大箫一	小铜钹一 正铜钹一	短笛一 长笛一	鞑鼓一 楷鼓一 桴鼓一 连鼓一	歌工一

从表一可知华夷乐之不同及其混合状态：如西凉乐亦

有钟、磬，龟兹乐有玉磬，皆华乐乐器也；大方响为龟兹乐之特有；华乐有筝，为胡化之表现。箜篌最早出于希腊，经波斯传入，今西洋竖琴是也。据日本唐箜篌之弦观之，凡十三弦，中国已不多见，日本奈良正仓院之箜篌，相传为武后时之遗物。筑，大约为横琴式的，用竹为之，在中国极早，高渐离即善击之，琴为华乐中之保留原色彩者；瑟亦非胡乐所有；五弦琵琶较三弦为多翻七调，白香山最反对之，《新乐府》之《五弦弹》即为此而作。上述皆指弦乐；以下再列吹乐、板乐（见表二）。

笙为中国固有者，大笙类似苗族所吹者；管即籥是也，亦华乐所独有；唐筚篥日本正仓院犹有存者，声音特高，为胡乐之主要乐器；六朝以前之箫为排箫，非今之洞箫也，清乐之笛为短箫，与今之横笛（羌笛）不同；节鼓亦中国原有之特色；胡乐之鼓极多，龟兹尤甚；腰鼓即今之演唱花鼓所用者；齐鼓传自北齐，不可考；担鼓今人担着而另人击之者，出丧时常用之；连鼓今为货郎所用；桴鼓为架鼓，今大庙中犹有存者。总之，胡乐中弦乐以琵琶为主，吹乐以筚篥为主，板乐以鼓为主，唐诗中常言之，可见其势之盛；即以今日见闻所及，西凉乐之势力，犹有存乎国内者焉。

3. 健舞与软舞

今旧戏之武技，其每类动作皆有所本，此与唐代舞蹈有极密切之关系，而今人颇难推溯其源流，故此段文学中有待研究处正多也。关于唐舞记载详细者有二书，一为段安节之《乐府杂录》，一为崔令钦之《教坊记》，二人均为晚唐时人，故所记可为唐代乐舞之总结。

健舞用《棱大》《阿连》《柘枝》《剑器》《胡旋》《胡腾》（以上见《乐府杂录》）、《阿辽》《黄麞》《拂林》《大渭川》《达摩支》（以上见《教坊记》）；软舞用《凉州》《绿腰》《苏合香》《屈柘》《团圞旋》《甘州》（以上见《乐府杂录》），《垂手》《回波乐》《兰陵王》《春莺啭》《社渠》《备席》《乌夜啼》（以上见《教坊记》）。健舞不一定为男子，软舞不一定为女子。

又有字舞，为武后时《圣寿乐》，属软舞；此外有花舞，皆武后时中国自制。马舞为西域所献，玄宗每逢节日或寿辰，辄于宣政楼下观马舞，每奏为《倾杯乐》，后词调中往往用之，可见其势之盛。安史之乱作，舞马流落民间，故少陵尝作《瘦马行》以哀之，余多为禄山部下所杀。

《柘枝舞》为今所知材料最多者。西域有柘国，在新疆者皆女人，着尖帽，上系铃，衣紫衣，以大带垂两胯间，独舞为单柘枝，二人舞为双柘枝。唐末强藩皆备之，但略有变迁，至宋寇莱公犹好之，时谓柘枝癫。切末于时亦有之矣。近人向达著《唐代长安与西域文明》，中有《柘枝舞小考》，为考订最详细者，乐天、梦得、沈亚之并有诗咏之，（按：膺中师以为与暹罗佛教舞有关）。

《剑器》与剑舞有别，剑舞确为以剑作舞，军中宴会常用之（唐张燕公诗“军中宜剑舞”指此——郑临川注）。唐人剑舞多扮鸿门宴故事，至晚唐而益复杂，金院本有《樊哙排闼》，元曲仍之，迄今皮簧戏中《鸿门宴》即由此而来。《剑器》舞不可考，就现有材料观之，可得其大致轮廓：此舞当来自浑脱（西域语：革囊也），革囊小者可贮酒，大者可跨以渡江，古代或以贮尸，故伍子死而盛以鸱夷，伏波有马革裹尸之壮语，皆与此有关。西域俗有“泼寒胡”之戏，于夏日以凉水交相泼身，以皮囊护发，谓之“泼寒胡”，传至长安而成为冬日泼水之游戏，泼时必持一物为拒护，即剑器舞之来由也。或疑今馄饨为浑脱一音之转。

《胡旋》音乐甚急促，舞步亦速，若旋风焉。舞时人立二球上，不使沾地，若今人溜冰者然。玄宗时太真、禄山善作此舞，唯二人皆肥壮，何以能作旋舞，殊属可疑。元白《新乐府》中皆有咏胡旋女者。近日人石田幹之助作《胡旋舞小考》，载于《史林杂志》第十五卷第三期，可参考。

《胡腾》。刘言史有《王中丞宅夜观舞胡腾诗》，李端有《胡腾儿诗》，胡腾之材料尽此矣。望文生义，或为跳高之戏乎？

以上《柘枝》《剑器》《胡旋》《胡腾》四种为健舞之可知者（《乐府杂录》所记），《达摩支》舞法已不可考，唯飞卿有数诗咏及之，当为舞此舞时所用之歌词，故《教坊记》所记之舞，知者益少。

软舞中，《凉州》材料存者，但言其乐而已，舞法已佚，唐人多写作“梁州”。“绿腰”一作“六幺”，一作“录要”，舞法已佚，至宋犹存。《苏合香》舞容、乐调，全不可知。《屈柘》或为“柘枝”之名龟兹化。《甘州》舞容亦不可知，后人词为《八声甘州》之牌词。《凉州》《六幺》亦词调之一。《垂手》在六朝梁时已有大垂手、小垂手之说法，为南朝传入北方者，唐代以此增为健舞一部，舞容已失。《回波乐》在武后、玄宗期间极盛，乐词用六言诗，张说、沈佺期皆有作。《兰陵王》为破阵乐，中保留有由武舞变文舞转软舞之痕迹，日本犹保存之。《春莺啭》为唐人自制舞，唐代长安多柳，春时莺啭极多，因像其音而作舞，日本至今每新年必在天皇宫中舞此曲，欲找此项材料，非向日本不可。《社渠》《备席》，唐人诗鲜及之。《乌夜啼》，六朝时即有之，舞容已不可考。

4. 唐代的几种舞体

关于中国戏剧来源之探索，自王国维《宋元戏曲史》始，继有日人青木正儿之作。古代戏剧今犹不失为孤本者，据吾人所知有《兰陵王》，一名“代面”，又名“大面”。相传为北齐兰陵王长恭貌极文雅，入阵乃以大面戴之，以壮声威，后像其形而作为戏剧，奏《破阵乐》而舞之，为今脸谱之起源。其次有《钵头》，一名“拨头”，又名“拔头”，扮演人子上山打虎为父报仇之故事，今北方“王小二打虎”之傀儡戏即“拔头”之余脉也。再次有《踏摇娘》，此为数人合作之舞，扮演苏郎中挞妻故事。四曰《樊哙排君难》，即剑舞。五曰“参军戏”，今所知较原始之戏剧类型尽此矣。宋元戏剧之来源，尤与“参军戏”有关。李义山《娇儿诗》：“忽复学参军，按声呼苍鹘。”由是可知此戏扮大致为二人。

中国戏剧之来源，众说不一，内容能知者不及十分之一。宋元以来流行之戏剧尚多保留“参军戏”之痕迹者，如元曲开场之“楔子”，报告全剧之内容，此报家门者即参军；此外，皮簧戏之“打灶王”，北方流行之说相声，南方之苏滩，均为一人手中执扇，而两人对话进行表演，此皆参军戏之遗脉也。

戏剧中之角色与场面，在唐代但略具其雏形而不成系统，当时称为“杂剧”，后演变为宋元之“院本”。关于戏剧史之书籍有二书可读：一为王国维之《宋元戏曲史》（后改为《宋元戏曲考》），一为日人青木正儿之《中国近世戏剧史》。

（六）舞曲之组织及其曲词

古人歌、舞、曲词三者合一不稍缺，三者之中，以乐为主，曲词最不重要。中晚唐以后，曲词日渐讲究，唐人称为歌而作之词曰“曲子词”。本章所论，一为舞曲之大小，一为大曲之曲词。

1. 大曲、次曲、小曲及法曲

今所注意者为大曲。大曲者，乃遍数多，歌曲长，对小曲而言者也。介乎大小曲之间者曰次曲。玄宗时有法部，故有法曲，然无歌词，《霓裳羽衣曲》即属此曲部，唐《六典》注：“太乐署教雅乐，大曲三十日，小曲二十日。”《旧唐书·音乐志》：“清乐大曲六十日；小曲十日；燕乐、西凉、龟兹、安国、天竺、疏勒、高昌大曲各三十日；次曲二十日；小曲十日。”吾人观唐五代乐曲材料，关于次曲较少，而急曲、慢曲较多，急曲乐谱短，慢曲乐谱较长。大曲、次曲、小曲可以急曲、慢曲观点观之：有首有尾，中包若干遍者为大曲；有独立性而单只者为小曲。故如小曲为急曲者则归入小曲，如为慢曲则为次曲，是以人少提及。王国维作《唐宋大曲考》，然多偏于宋代，以宋代材料推测唐代之情况，此工作犹有待深入研究。关于唐大曲材料最多者为崔氏《教坊记》，王氏之考证，殊嫌不足，吾人今且言其大略如次：

《乐府诗集》七十九中有《凉州散序》三遍、《排遍》两遍、《伊州排遍》五遍、《入破》五遍，每遍为七绝或五绝，多用陈诗。合数种材料观之，其首尾材料可得而言。

大曲本身唐人称之为“大遍”，犹元曲之“套数”。其始也，众歌杂奏，无拍、无歌、无舞，是为“散序”，功用在调整音乐之合奏及集中观众之情绪；“中序”则入拍矣。词中有《画眉序》《莺啼序》《霓裳中序第一》，皆以“中序”为谱而填词者也。此舞中有若干名词今颇难解。其次为“入破”，为曲中最主要部分，舞甚紧张，乐调亦极美。最后为徹，犹曲中之尾声，舞缓歌歇，而至于罢。凡大曲必具此数件。凡乐中数段并列者曰“排遍”，如《霓裳羽衣曲》为十二遍，不可增减；而一调数奏曰“叠”，可随时增减。开元天宝间，玄宗立梨园，每演大曲，必取精彩者奏之，往往取奏入破一段，名曰“曲破”。凡由大曲择一段演奏者曰“摘遍”。在此前半期，今所谓“长短句”尚未发生，其后内容渐混，乃产生“长短句”。故欲探词之起源，则不能不求之大曲也。

2. 大曲及其曲词

观全唐诗诗题，每有即为曲名者，如《柘枝曲》《伊州曲》《凉州曲》等。然私家所作诸曲，其内容并不与题相称，如薛能《柘枝曲》，即全与柘枝无关：“同营三十万，震鼓伐西羌。战血黏秋草，征尘搅夕阳，归来人不识，帝里独戎装。”当时但求其调入乐，以谱为主，故曲词不甚可观，人罕注意及之。《乐府诗集》七十九有《水调歌入破五叠》，其二用杜甫《赠花卿》绝句一首，此亦与水调无关，但以其平仄最协，古人取而歌之。《凉州词》第三叠："开箧泪沾襦，见君前日书。夜台空寂寞，犹是紫云车。"此高适《哭单父梁少府》诗，且不止四句，曲子但取其中四句歌之，并改原文"臆"作"襦"，"子云"作"紫云"，故知为乐工所擅改，成为不伦不类之作，由此可见当时曲词不为人重视情况之一般。《陆州歌》第一叠："分野中峰变，阴晴众壑殊。欲寻人处宿，隔水问樵夫。"此王维《终南山》诗五律后半首，亦取为曲词。今观所存大曲曲词材料，犹有所取当时人之诗而不知姓名者，故大曲曲词之入乐在乐工而不在诗人作者，遂产生此前后文义不相连贯之现象。但由此遂影响诗之音乐化，唐诗音调之美，大曲实有间接协助之力焉。当时在宫廷有条件可演大曲，而流行民间者则为"摘遍"，成为流行小调，时谓之"艳歌"，艳者，小也。白乐天《与元九书》云"艳歌相合，不觉已三十里"指此。明乎此，则旗亭画壁故事（见薛用弱《集异记》）有解释矣。何以妓女唱当时之诗，且只唱绝句，盖为"摘遍"故也。李益有《受降城闻笛诗》，后乐工取之入乐，题作《婆罗门引》（《乐府诗集》八十），可见作者下笔时并无意入乐，特为乐工所取而传唱耳。王维《渭城曲》又名《阳关三叠》。原题作《送元二使安西》，亦为乐工所收，置《凉州歌》中，而题作《渭城曲》后，乃渐成为送别之流行曲子，久而更变为复杂，于第三句歌三遍，谓之《阳关三叠》，原题更无人问矣。至北宋，每句叠一遍，全诗成八叠焉。大曲虽非词之正宗，然影响长短句之发展关系至深，不应予以忽视。

三、唐诗及盛唐诗人

（一）总论唐诗

研究一代文学，凡以作家为主，以文体为范围时有二路可循：（1）叙述作家之来源与成就；（2）不管作家，仅就诗之内容求其表现情绪之主潮。今吾人论唐诗，即用此二种办法。

国人所著文学史，其态度与正史作家无异，均以作家为主，重视其社会背景，此法易流于呆板，本课针对此弊而矫正之，但于某一时代中找其共通性，至于作家之分述，可略则略之，盖某一作家之成功，其本身力量仅占十分之一二也。

文学史范围至广，吾人欲治文学史，必先说明作家之来踪去迹，考其同于前人者若干，异于前人者若干，能如此或可勉成精心之作，诸生其留意焉。凡优良之文学史，不仅为文体变迁史，亦应为作家情感之变迁史，前史所作皆偏于前而略于后，近代学者间亦有重视之者，唯多非客观之归纳，而有偏于主观之嫌，不可不察也。

全唐诗之内容，大别不出于十二大类，前人初、盛、中、晚之分期，亦可与此并行不悖。

（1）宫廷诗——由南朝而来。齐梁以后，文人生活变为帝王卿客，故宫廷诗特盛。唐初诗人犹存此风气。自安史之乱后则此调不复弹矣。其中又可分为四类：①游宴——自建安开其风，至南朝益盛，初唐高宗、武后、中宗三朝达于极点。②令节——即帝王于令节时作诗，令群臣和之。③同赋——帝王高兴时，令群臣同题赋诗是也，亦发端于建安、梁陈之际，诗歌日益琐碎，玄宗以后，则少作矣。④分赋——此与考试有关。唐诗中题为“奉和”之作者必为同赋，题为“应制”者则为分赋，此风亦绝于玄宗以后，盖自天宝以后，文人社会意识发达，南朝以来之卿客作风遂渐绝迹。

（2）赠答诗——始于汉末秦嘉夫妇之赠答诗，至建安时作者日多，两晋以后渐少。大凡应答诗多产时，则必其时书札应用甚少之故。两晋以后，抒情小札发达，可以代诗，故赠答诗极少。唐代由帝王之提倡，兼以版图扩大，人们常因阔别而写诗寄意，故此类题材占全唐诗分量将近二分之一，初唐犹不甚显著，盛、中、晚蔚为大观，至宋又少绝矣。又可分为五类：①下第——大抵为士子在长安应试落第，同辈对之惜别，相聚吟诗送之，往往汇成一集，以序冠之，为古文中赠序文之来源。②贬官——南朝地域较小，且多门阀士族，故贬官时惜别之意较少；唐为大帝国，且帝王权重，喜怒无常，大臣一贬数千里外，故送行者情深而多佳句矣。③出使——为出使时送别而作。④还山——为大臣归隐时同辈送行之作。⑤投赠——内容较为复杂。大抵士子来长安进考，欲结交达官先为揄扬，因而以诗投赠；另一情况乃名士借此化缘为生，如太白天宝三年被放以迄于死，全赖投赠而度命。此风下至武宗、文宗时代为最盛，藩镇兴起之后，文人有所投靠，便不复打秋风矣。

（3）园林诗——古代园林发展之情况，汉至三国私家园林极少，西晋以后渐多，石崇即金谷园之主人也。经北朝而不辍。南渡以后，山水方滋，贵族之私园益多，谢安之东山，康乐之西堂皆是也。唐人承接此风，贵族往往于其园林招宴文士，集而赋诗，以为文雅之事。最佳之地，莫若公主之赐第，与夫名宦达士之山庄，如宋之问陆浑山庄、王摩诘辋川别业是也。山庄草莽气多，别业则接近都市，故山庄仅少数朋友集会之地，而别业则为大宴会所也。安史乱后，社会经济一变，此风遂息。其次为僧房佛寺，以其多在名山大川，故诗人喜歌咏之。

（4）行旅诗——此受国家疆域广大影响之所致也。诗人每经一地，有若干名胜可供游览与流连，遂多取为诗材。南朝多行旅赋，盛唐不用赋体而代之以诗，故称极盛。

（5）征戍诗——此与南朝之风大异。南朝征戍诗为文人想象之作，故内容多雷同，唐代疆域辽阔，征戍事繁，文人参加实际军旅生活，故吐属极为精彩，此类诗以盛、中二期最盛。大抵唐初征戍诗题材偏东北，而盛、中二代则偏重于西北。以数量言，此类诗占《全唐诗》十分之一弱，亦为空前绝后之作，此类诗如为乐府体，则系文人想象之作，如用近体或五古，则以写实为多。（老杜《三吏》《三别》盖属此类）。

（6）声伎诗——古代咏声伎者多用赋体，傅毅、张衡之《舞赋》是也。至梁、陈始渐有以诗咏声伎者。唐代因胡乐、胡舞之输入，而声伎之诗转盛。

（7）杂戏诗——此亦受国外文化影响，而形成以新题材写诗者也。

（8）僧道诗——唐诗人喜与僧道结交，故赠答时诗中必带宗教之意味，诗人不必对其经书有若干研究与了解，此殆与宋人作风不同，然亦前代未有之作。唐代僧道亦甚风雅，又多女道士，轻薄文人多取材焉。

（9）异俗诗——即歌咏外国风俗之作，唐代长安为国际都市，异国风俗杂乎其间，予文人以若干新刺激，遂取为新诗之材料。西市多胡姬酒肆，文人常狭游其间，诗材更有所增益。

（10）书画诗——中国古代艺术，如书、画、音乐、观赏风景等，均与文学有密切关系，其中以音乐为最早。南朝人渡江，见山川之美从而观赏之，自然景物遂与文学关连，而东晋以来，字艺亦渐为世所重。中国画在古代不出故事画范围，此未受外来影响前之情况。北朝受佛教影响，乃有画佛之风。唐人作画，或在壁，或在屏，文人往往因之作诗，唯壁画虽占唐画十分之七，但无题画之作。

（11）田园诗——为唐人诗中最少者。

（12）类书诗——中晚唐以来，诗之内容无多发展，文人乃自类书中搜寻僻典，拼凑成章。

（二）盛唐诗人

除李杜另立专节外，略述重要诗人如下：王维、孟浩然、储光羲、高适、岑参、王昌龄、王之涣、綦毋潜、刘长卿。

凡诗中称大家者必具以下之特点：①笔调不限于一方面，能变化其笔调而写各种形式与题材；②大家诗风格有矛盾时，原因有二可能，其一为自身未能融会成纯一风格，其二为自身经验丰富，境遇变迁极多，因而能臻于上乘。

王、孟、储三家通称之为田园诗人，高、岑为边塞诗人，二王为绝句能手，綦毋潜长写寺庙，刘长卿善状行旅。由以上标准评之，唯王维足称大家。

摩诘之诗凡二变：《桃源行》为十九岁之作，属早年作品，与后期《终南别业》诸作大不相类，可见其入手时仍沿四杰余风，又其写长安早朝及大明宫诸诗七律作品，亦与晚唐作异趣，乃时势所趋，可归入一类。尚无独创之特点。第二期用《终南别业》诸作，间及佛理，东坡所谓

“诗中有画”者，此类属焉。第三期乃暮年与佛教徒倡和之诗，乃见独特风格。由是可知，凡大家必先学习同时代之各种诗体，然后独立成家。

孟、储为在野之人，故少入世之感，此二家之同点。唯孟诗较为华贵，可上攀高、岑；储诗为纯田舍翁语，可下流为范石湖之风格。孟行旷达，修养无独特表现，笔力较健，唯内容较为单调，方面不多；储诗出于王无功，多写农家生计问题，笔多黏滞，但对农人生活描写较为深刻，其弊在多土气。

高、岑为盛唐笔力之最健者。岑以全力作诗，成就有所偏，七古七律成功较多，尝两度至新疆，故写边塞较为亲切。七古自初唐迄此时代，仍缘南朝之旧，但流美而已，至岑而改为壮美。其弊在偏，优在高俊。高适四十始学为诗，有意走岑一派，故古诗成功较多，亦尝从军，故其边塞诗亦如岑之多亲切感，而流转地区极广，故写行役诗又似孟浩然，为介乎岑、孟间之诗人。盛唐诗人仕宦之达者，盖以此公为最云。

王昌龄擅长音律，故优于绝句，为盛唐绝句冠冕，乐工多所传唱，声极高亢。王之涣为昌龄之嗣响。盛唐诸家绝句均为一代绝唱，后世难以为继。

綦毋潜长于五言，笔调工于收敛，诗量较多，开香山一派，常以一题而用若干做法。刘长卿当时称“五言长城”，行旅诗一似孟浩然，但无孟之阔大而较琐碎，盛唐、中唐分野在此。

（三）李白与杜甫

太白籍贯之为胡为汉，今犹未有定论，人多目之为西域人，故其生活行止多与当代诸家不同。今读其诗，其人如在目前，唯生前同时人于其身世多迷离不清耳。据唐人记载，谓李为陇西人（唐代李氏之郡望），先世以罪谪碎叶，五岁随父潜归，家于蜀之绵竹。十五岁任侠，尝手刃数人，二十与东岩子隐峨眉学道，后入广陵，散家财二十余万，同游者（吴指南）道死，负其尸以归。后入赘安陆许氏家，一住十年。其后以道士吴筠故入长安，为玄宗所知，复以讽贵妃而放还。与杜甫、高适辈游于梁宋，旋入鲁另娶，鲁夫人生男曰明月奴，生女曰玻璃。后适金陵，娶歌妓金陵子，安史之乱中，遇永王璘之变，乱平被放夜郎，抵巫山遇赦放还，至当涂而卒。其一生行迹，多与国人伦理观念不甚一致，故身世极为可疑。前此相类者有陈子昂，二人生活习俗均不受中原传统之束缚，故能任使其气而独步一代。五言诸作多得力于建安之曹、阮二家，笔力才气亦足相匹。当世人作诗多来自四杰，而太白独取原于汉魏，所以独高。又以其流转各地，怀古钦贤，故爱二谢，然大谢之典重、小谢之空灵，又不合其口味，故青出于蓝，戛然独造。复次，太白不受当时试帖之影响，故不精律诗。七古完全脱离初唐作风而出于鲍明远，成熟后再加上汉乐府成分，乃知其诗实根深源长，非仅恃才分而已也。太白不同于少陵者凡二端：①少陵不作当时流行之古题乐府，而太白专作此类；②太白善音律，故长绝句，少陵则适相反。以生活态度言，近道而不近儒，故诗中多神仙思想，眼中毫无民众疾苦。天宝之乱，适在南方，未睹北土战乱现象，故诗之内容与民众及时代脱节，成为盛唐之尾声，能承先而不能启后，有以也。

老杜祖父乃诗人杜审言，官于河南，因家于巩，故诗人为纯粹中原文化之产儿。父闲，官于鲁，父死，甫已二十三矣。终其身为衣食奔走，不若太白之悠游闲放，豪情奔注。所受传统文化既深，故诗之内容与时代紧密结合。早年之作，仍沿袭初唐，盖欲因之以求仕进也。晚年仍教儿熟读《文选》，其为传统文化所范囿之迹甚明，用大力始能脱其桎梏，与太白行迹自由者绝异，而思想怀抱一以儒家为宗，故念念不忘君国。在长安十余年即努力作五律，欲因以出人头地，题材之多，方面之广，语言变化，全唐诗人无与伦比。四十岁迄天宝之乱，始放弃原作形式而试作七言诗，全盘失败，然绝不作当时之乐府调。安史之乱后，见民生疾苦甚多，非旧作体裁所能包容，过去亦少范作可资参考，有之则唯汉乐府一体，故此段时期，乃模仿汉乐府以命篇，诗境至此得一开展。后到外移居，暂定居于成都浣花溪上。此段时间生活极苦，工部乃极力练习五古，至成都而大功告成，其间行旅纪事之五古，已与初唐诗异趣，创造出独特风格。居蜀六年间，努力完成其七律及不合乐之五绝，迨夔府而臻成熟，每首各有文法，绝不雷同，又故意避熟就生，遂以登峰造极焉。此后则为强弩之末，无甚可观。晚年病肺，右手不能弹动，故流浪湖南一带，多用左手写作，为打秋风计而多写排律。论杜诗可划分为五时期，以三、四期作品最佳。

第三讲　中唐文学之创新与复古

一、中唐的三种新文体

（一）传奇文

“传奇”一名，起于唐人裴铏之小说集。“传”读去声，盖以传记体文字而记述异怪之事者也。在书写工具未发达时，有些材料多凭口传，文字工具既已发达，则可书之竹帛矣。然民间仍有不靠看书而愿听书者，故战国之世常多说书之士，韩非有《说林》，《晏子春秋》保留若干小故事，《庄子》更集寓言之大成，此即古代之“话本”也。后人乐读书矣，则有为看书者而写作之长篇出现。两晋南北朝有一般风气，即看书多而说书少，亦即琐碎材料少而系统材料多，小说文体遂衰，以小说为业之人日减。北宋、南宋产生若干“话本”，为小说文体之复兴，其间回旋即传奇文。然唐之传奇家实为看书人而写作者，后半期乃走向说书方面，与宋代话本相接。

唐末裴铏作《传奇》一书，后人因取其名而用以概括唐代之一切传奇文。《新唐书·艺文志》称子书小说家凡三十九家，包括笔记、诗话、考据诸项，与今日所指小说范围不类。

吾人所读先秦诸子中，各种小故事多系统传说材料，而游说之士遂取以为说理之例证。东汉以来，佛、道二教兴起，民间遂有神怪之谈，文人多所取材，此与先秦小说有别。六朝小说大抵不出三类：（1）言鬼神者，如干宝《搜神记》，均与佛道有关；（2）博闻之书，如张华《博物志》；（3）逸闻，如临川王刘义庆之《世说新语》。此数书共同点即为当代士绅茶余饭后资谈助者也。唐传奇即脱胎于此，然已由鬼神进到人事，会六朝小说三派潮流为一而以人事为中心，以自成一体，至中唐而极盛。自隋讫天宝百五十年中为第一期，可见之传奇凡三部：①王度《古镜记》；②《补江总白猿传》；③张鹜（文成）《游仙窟》为长篇，国内失传已久，清末始得自日本，重新印行之。推其失传原因，一为道学家为维持风纪而有意抑藏之，二为不明白文学史之发展情形。按张文成尝官五花判事于武后朝，另撰《龙筋凤髓判》，最为流行，收入《四库全书》。《游仙窟》所记为刘、阮天台一类故事，容诗甚多，且多隐语，盖为唐人行酒令所用者也。此种材料甚少，《全唐诗》末所存《酒令》《谜语》一卷，极为宝贵，《游仙窟》所载，更较全备。第二期自肃宗至代宗大历年间，凡二十年，适王室中衰，无甚名作。第三期自大历至文宗太和中，凡六十年，为唐传奇之极盛期，就其体裁可别为两大类：①单篇——有李公佐《南柯太守传》《谢小娥传》《冯媪传》，此三篇代表六朝初唐谈神怪之风转为写人事之过渡作品，篇幅较长，文亦较工。另有陈玄祐之《离魂记》，沈既济之《枕中记》《任氏记》，犹为半人半神之故事。其他如白行简之《李娃传》《三梦记》，元稹之《莺莺传》，陈鸿之《长恨传》《东城父老传》，沈亚之之《湘中怨》《异梦录》，李朝威之《柳毅传》，蒋防之《霍小玉传》，许尧佐之《柳氏传》，李景亮之《李章武传》，薛调之《无双传》，无名氏之《冥音录》《灵应传》，杜光庭之《虬髯客传》等，此皆名作，传至今日弗衰者也。总观其特色，在文学技巧上努力想把传记文作好；内容则将主人公人格化、人情化，并包括当时之社会背景，如《冥音录》等则受佛教影响甚明。此后则有总集发生，小说变成笔记，故唐末五代产生若干笔记小说焉。②总集有牛僧孺之《玄怪录》，李复言之《续玄怪录》，牛肃之《纪闻》，薛用弱之《集异记》，袁郊之《甘泽谣》，裴铏之《传奇》，苏鹗之《杜阳杂编》，高彦休之《唐阙史》，康骈之《剧谈录》，孙棨之《北里志》，范摅之《云溪友议》，段成式之《酉阳杂俎》，温庭筠之《干𦠆子》等，均为长篇之笔，一部书中包括若干长短篇小说故事。唐小说赖《太平广记》之收辑而传者甚多，惜其将整书打散，按类分编，不易以一目而见全璧耳。又一部分存原本《说郛》中，又存于《顾氏文房小说》《唐人说荟》诸书中。近人汪辟疆编《唐人小说》出版于神州国光社，鲁迅先生亦有《唐宋传奇集》之编印，均可参读。关于叙述考订者有日人盐谷温之《中国文学概论讲话》第六章第三节（开明译本），中多谬误，不及鲁迅先生《中国小说史略》第八—十章之论述精到。

传奇小说与唐乐府关系极密切。明乎此，则元白何以要作《新乐府》，白诗何以为老妪所能了解可以知之矣。盖唐代寺庙讲经，每有七字句长篇唱词，吾人可以想象当时必有以唱词为业之人，元、白特取此体裁而作乐府诗也。民众听惯七字句歌词，故于元、白诗多所了解。又如白氏作《长恨歌》，陈鸿为之作传，元氏有《莺莺传》而并有《会真诗》，即使听书与看书之材料并备，任听众随个人爱好而自由选择之也。沈亚之《湘中怨·序》云："从生韦敖，善撰乐府，故牵而广之，以应其请。"又作《冯燕传》，司空图因有《冯燕歌》，此发生传奇原因之一。其次原因，为进士以此作行卷工具，宋赵彦卫《云麓漫钞》云："唐世举人，先藉当世显人，以姓名达之主司，然后以所业投献，谓之行卷；逾数日又投，谓之温卷；如《幽怪录》《传奇》等皆是也。盖此等文备众体，可以见史才、诗笔、议论，至进士则多以诗为贽，今有唐诗数百种行于世者也。"以上为传奇小说发达之主要之两种原因，附带原因又有文人失志，借此以发牢骚，兼之长安地方复杂，材料丰富，足够传奇之取材。

传奇影响最大者第一为戏剧，至今犹活在民间，为宋元以来杂剧、传奇之蓝本。第二为古文家受传奇文之影响，乃产生韩柳大量小篇纪传文，此前世作家所未有者；又骈文不长于作传记，韩柳上取左史，近采传奇，合之而自成新兴文体，古文家与小说家从此不可分矣。近代翻译小说自林琴南始，此文学史背景造成者也。退之好听传奇文，张籍尝驰书相劝，凡二次，韩并有裁答，足征韩文与传奇文关系之深。第三为影响宋以后话本，传奇文之口语化，观韦瓘《周秦行纪》《无双传》，柳珵之《上清传》，往往有近于当时口语之文句，后代白话小说盖自此而扎根。第四为影响小说与戏剧形成不可分之局势。

（二）俗讲及其他俗文学

此为近四十年敦煌材料发现后产生之问题，以湘人向达研究为最精，本人所见，略有异议。

甘肃敦煌县东南三十里三危山下有莫高窟者，旧称千佛寺，光绪二十六年（1900），石窟墙塌，发现抄本若干卷，道士以为可治百病而卖诸乡民，后为匈牙利人斯坦因所发现，知为唐代抄本，乃大量收买而去，今存伦敦博物馆中。后法人伯希和又收买一批，时张之洞为学部大臣，始以政府之力购买余卷，即今存于北平图书馆中之卷帙是也。

在山西、陕西、甘肃边境地区，石壁甚多，人因壁刻佛经以立庙，此印度之风尚也。今考古学家所注意者唯大同石窟寺、洛阳龙门及敦煌莫高窟等寺。实则似此佛寺，北鄙不知若干。清政府所收买号称八千卷，然多为当地人所分裂者，至抗日战争前始完成其目录。日本亦尝收购若干卷。此项文物尚有待全世界学者合作研究，方能得出系统与完整之结论。

各国学者研究卷子目的各有不同，斯坦因注意其中美术部分，伯希和注意其中佛教材料，罗振玉、王国维始注意其他问题，近人郑振铎氏对敦煌学曾极力鼓吹，然论述多粗糙，不足以为定论。向达氏游欧，对此一问题进行专攻，故俗文学至现在为止，以向氏研究为较完备而精审。现存敦煌文卷计有：（1）英人斯坦因一九〇七年购三千至六千卷；一九一四年，购六百卷。（2）法人伯希和一九〇九年购一千五百卷，数字较为可靠。（3）日人橘瑞超有《敦煌将来目录》卷帙未详；大谷光瑞所藏存旅顺关东厅博物馆，据云有八百至一千二百卷。（4）中国北平图书馆共九千八百七十一卷。此外国内私家所藏以李盛铎（木斋）、罗振玉（叔言）为有名，前者已卖与日人，后者入于伪满，北平图书馆所藏则又沦于香港矣。

写本内容可分为四类：①80%以上为佛经，多《法华经》与《维摩诘经》；②杂文占十分之一，俗文学即属此类；写本所标年代最早为北魏道武帝天赐三年（当晋安帝义熙二年，406），正在陶渊明时代，最晚者在宋太宗至道元年（995），前后将近六百年。不仅为写本，又有刻本，此中不仅有宋刻，且有唐咸通五年刻本，据此可打破中国刻本始于五代之说法。

此类写本胡为乎来？吾人推测当是北宋初，西夏元昊时为边患，陕甘边境常遭蹂躏，兵祸最烈者在宋真宗咸平五年（1002），西夏入寇灵州（今灵武），乱兵直捣凉州，疑当时私人或佛院书籍因避乱而封存于此。乱定后，人多流亡，无复知者，遂逾九百年始重见天日（迄今年止发现已四十三年矣），从此国内学术界乃有所谓“敦煌学”之出现。其贡献甚伟，盖可借以校正今日佛经之误，保存残碎之残经，以及其他当时流行之文体，词之发生，亦可于此中窥见消息，前途未可量也。（向达译斯坦因《西域考古记》第十三、十四章可供参考——中华版）

文卷目录最早者有罗福苌（振玉长子）之《伦敦博物馆敦煌书目》（《国学季刊》一卷四号），较晚者有陈垣之《敦煌劫余录》（宣统二年），次有罗振玉之《敦煌零拾》七卷。今所论俗讲，吾名之曰“佛曲”（日人朝鲜史专家羽田亨作《敦煌遗书》第一集），次有刘半农之《敦煌拾琐》（木刻三卷），为专集俗文学材料者，然并不完备。最后有向达之《敦煌丛抄》（《北平图书馆刊》五卷六号、六卷二号），又有许国霖撰《敦煌石室写经题纪》及《敦煌杂录》

二册（商务出版），又向达之《唐代俗讲考》（《燕京学报》第十六号），郑振铎编《世界文库》第六册有关部分，《中国文学史》上册第五、六章，向之《唐代俗讲考》又见于《北大文科研究讲演录》。

文卷中与本段文学史有关者凡二种材料：一为俗讲，一为当时小曲。

按印度僧院规矩，寺中有所谓唱赞，传至中国而有“倡导”与“转读”（可参考《高僧传》）。唐在长安及其他大都市之佛寺均有俗讲，乃为一般平民不识字者说法，插入佛教故事，又从而唱之，如今日之宣讲者然，当时谓之俗讲。此等材料，国史中较少，日僧园仁所著《入唐求法巡礼行记》（会昌初年，841）说俗讲情形较详。大抵白日讲经，夜间有番赞，人来听之如今之听戏说书也。按唐人笔记考之，知俗讲极盛于唐文宗时，以此而著名者有文溆。赵璘《因话录》、段安节《乐府杂录》、卢氏《杂说》（《太平广记》卷二〇四引）均如此记载。文溆出名于长庆年间，长安士女倾动一时，每说经万人空巷，其唱调亦极动人。文宗之乐工黄米饭以文溆之唱调谱之为曲，号曰“文溆子”，今词调中犹存之。帝以其招摇，发配甚远，去而复回者三四次，居长安者凡三十余年。其后逐渐演变，俗讲不一定在寺院，主讲者亦不一定为僧徒，为后世说书弹词之起源。

以今日材料考之，知俗讲之来源甚早，开元、天宝时即有之，每篇讲文下面有“变文”字样，此“变”字遂成诉讼。向达以为乃音乐名词，余以为即“地狱变相”之“变”字，胡适有《降魔变文》藏本，其叙有云“伏维我大唐汉朝圣主开元、天宝文神武应道皇帝陛下，化越千古，圣超百王”，据此可断为天宝时之写本，时去文溆讲经尚早七十年也。最晚为《目连救母变文》（杂叙本），尾题“太平兴国二年岁在丁丑，六月五日在显德寺学士郎杨愿受一人恩，微（维）发愿作福，写尽此《目连变文》一卷”。故就题签所记变文年月考之，最早为开元天宝年间，最迟为宋太宗时代，其间相去约三百年。

俗讲常讲者有《维摩诘经》（便于居士听）、《佛本经》《阿弥陀经》《目连救母》。开始时，当是找带故事之经而讲之，并加渲染，其后，肃、代以还，则于中国故事中找材料作成变文，最早者为《昭君变文》，以下有《伍子胥变文》《舜子至孝变文》等，以此推之，则文溆所讲当不止于经典，必夹有中国故事于其间。文溆后五十年，俗讲不仅取中国故事说之，且说当时时事，如《张义潮变文》，此变文即歌颂张氏平定灵州之乱之功德也（僖宗时）。由此可知，变文已渐由佛经变成国货，职业说书人亦可赖此以为生，然甚为当世文人所鄙薄。王定保《唐摭言》记诗人张祜与白乐天之对话，张谓白《长恨歌》为近于《目连变》，盖寓有嘲讽之意，亦可据以解释白诗所以盛传民间之根本原因。《太平广记》引此故事均作《目连变》，下无“文”

字，又唐张彦远《名画记》记“吴道子善绘地狱变”，故知“变”为神通变化之义，讲神通变化故事之底本即是“变文”。又从而绘画其形，即谓之“变相”。今小说犹称绣像全图，亦自变文、变相而来，再进一步即为连环画矣。吉师老（唐末五代时人）有《看蜀女转昭君变》诗云：“妖姬未着石榴裙，自道家连锦水濆，檀口解知千载事，清词堪叹九秋文。翠眉颦处楚边月，画卷开时塞外云。说尽绮罗当日恨，昭君传意向文君。”佛家言变相不止于坏的方面，佛世界亦有变相之画，石室本画卷中复有佛故事画，经向达至伦敦考察结果，知相与文原相附和（吉诗可证），并知唐五代之际变文演变之三阶段：①由庙寺移至街头；②叙佛以外故事；③画事相应，后世章回小说之附绣像全图即变文之遗也。传奇中赵五娘画公婆相沿路弹唱作为敛资，亦有变文痕迹。向又引明人《游暹罗记》云：“有持竹竿，举画幅于街头，按图而说故事。”可见在其余佛国亦有同样风尚。

变文流传既广，有学识较高之僧徒将变文写成卷数，普遍讲诵之用，向达游巴黎见一敦煌抄本为两面写者，一面为变文，另一面为俗讲仪式，附虔斋及讲《维摩诘经》仪式，大致情况如下：说俗讲时先作梵（皆四句偈，有若干种类），次念菩萨两声，再说押座（短文，即说经之源流及提纲），再为唱释经题。念佛一声，说开经（宣布开经），说庄严（形容佛堂盛况），又念佛一声，然后一一说以题字，再说经本义，说十婆罗密，念佛赞，发愿又念佛，回向发愿，取散。（以此仪式为说《温室经》用者）说完后，然后行讲《维摩诘经》仪式：先作梵，次念观音菩萨三两声，说押座，素唱经文，说经题，说开赞庄严，念佛一两声，法师科三分经文，念佛一两声，一一说其经题名字，入经说缘喻，说念佛赞，施主各发愿、回向发愿、取散。后世“三言二拍”之类小说，先说小故事一段引入正文，完全自俗讲仪式中发展而来，元曲“楔子”亦同此例。又俗讲时和尚手执戒尺，于是后世说书人遂有醒木，官厅亦有所谓惊堂木，均承乎俗讲之影响者也。

俗讲之章法，兹以《维摩诘经之押座文》为例说明如下：“顶礼上方香积世，如喜如来化相身……火宅茫茫何日休，五欲终拓死生苦，不似听经求解脱。佛修行，能不能？能者虔恭合掌着，经题名目唱将来。”《押座》一名《缘起》，《缘起》长时则第一日不能讲正经，故末云“今日为君宣此事，明朝早来听真经”，即后章回小说“且听下回分解”之作用也。《维摩诘经》所说《经变文》（《敦煌杂录》本）开始作经云“时摩王波旬……”“是时也”（讲文）所用为骈文、散文交错成篇，说时是否动听则恃说者之文学本领。后有吟唱“摩王仗队离天宫，欲恼圣人来下界……”为廿四句之七言无韵诗，后又有韵句“波旬是日出天来，乐乱清霄碧落排……”有韵而供唱者以管和之，再下又作经文，如此相同，讲完一经。后世章回小说与弹词之格式，盖全脱胎于此。

北宋时，街头说书者多将俗讲分成若干类，孟元老《东京梦华录》卷五记汴梁城东之桑家瓦子云：“且小说名银字儿，如烟粉灵怪，传奇公案，扑刀赶棒，发迹变态（泰）之事，谈古论今，如水之流。”银字儿即高管，唐已有之，必是未说书前吹管以召听众，唐代小说至此遂变为话本矣。“变态”当即指变文而言，一种名曰“谈经”，即演说佛书，此为俗讲之嫡派。另一种名“说参讲”，讲宾主参禅悟道之事，此与俗讲禅宗有关，为对佛经之问难，由法师解答，由是演变而成者也；再变为“说相声”，内容多笑话，又有“说诨经”者，亦多幽默之谈，由是失其本义，变成流行之小说、弹词，遂自佛家分离而成独立之艺术。

梵赞及其他俗文学，有《开元皇帝赞》（《掇琐》本）、《太子赞》《董永行孝赞》《季布骂阵》等。《开元皇帝赞》为说玄宗之御注《孝经》，《太子赞》为说佛为太子时故事，《季布骂阵》为七言赞之始，《好住娘》与《辞娘赞》皆和声赞。又有长短句如《十恩德》为词之一种，又有《五更转》《十二时》，前者南朝梁代即已有之，均七言整齐句，篇幅不长。此外，又有散文卷子《晏子赋》《燕子赋》《开元歌》《茶酒论》等，亦传说于街头者也。

俗讲俗文学对后世文体之影响有：①俗讲本子至北宋而变为话本，又演成词话（带说带唱）、平话（有说无唱）、弹词（唱多说少）；②七言赞为元白“新乐府”之来源；

③和声赞与当时“竹枝”有关；④《五更转》《十二时》演为后世词调俗曲；⑤《茶酒论》演为后世“合生话本”；⑥“老少问答”影响中晚唐诗体裁甚大，如卢仝《萧氏二三子赠答》是民间风格为诗人所借用者，香山亦有《池鹤》八绝句，晚唐皮、陆集中此体益多矣。

（三）曲子词

今说“词”，实不甚通。从其调说为“曲子”，就其本身说为“曲子词”，现分三节述之于下。

1. 关于词的起源诸旧说

词谱南宋以来逐渐亡佚，北宋慢词诸谱宋末元初亦已漫灭，为曲之势力所扫荡，故对词发生之推测颇有异说：①以为六朝时即有之，杨升庵《词品》主此说，如梁武帝《江南弄》、僧法云《三洲歌》、隋炀帝《朝眠曲》是也。毛西河《词话》亦主此说，谓鲍明远《梅花落》、简文帝《春情》皆可为例。徐釚《词苑丛谈》亦举《江南弄》及沈约《六忆诗》为证。此派推测最靠不住，盖词发源于胡乐之后，而前此诸作与胡乐渺不相涉也。②以为出自唐人绝句，主此说者有王灼《碧鸡漫志》、朱熹《语类》、胡仔《苕溪渔隐丛话》后集三十九、沈括《梦溪笔谈》、方成培《香研居词麈》、徐养源《律吕臆说》、宋翔凤《乐府余编》

等。自南宋以来即有人如此主张，盖南宋时唐代大曲蜕变之小令，曲子已亡，故王灼以为可于绝句中求其痕迹，朱子则以为词句长短肇自曲子中之泛声，如南唐中主作《摊破浣溪沙》，于《浣溪沙》本词外在上、下阕各填三字以实泛声云云，此说惜不能以一人概全耳。沈括以为词发生于和声，与朱子说法相近。胡仔与王灼说相同，举《瑞鹧鸪》《渭城曲》为例，其由七言变来甚为明显。③近人胡适作《词的起源》（载《清华学报》二期），为近代关于词源问题态度较严整者，以为自白、刘诸作而下，迄温词以前之一段时期，词仅六七调而已，颇近绝句类型，而飞卿新创之调，只十六调传于今，故知中晚唐之间出现各词，实发源于绝句。

2. 关于词的起源的新推测

凡探求一切文学之起源有二原则可循：其一，凡文体发展自音乐出来的，探源时当自音乐入手；其二，凡文体成功一新形式时，颇难观其本来面目，吾人探源时必追寻其未完整时之旧面目而得结论，因知文体之起是多元而非单纯的。今吾人将唐到五代之词整个分析，观其不同而求其源，约可分为四类：①本身为五七言诗，如《回波乐》《踏歌辞》《舞马辞》皆六言也；《阿那曲》本为仄声七绝，《柳枝》与《清平调》三章全为七绝；《谪仙怨》为六言双迭；《浪淘沙》《抛球乐》亦皆七言。此一批词时代较早，远至高宗、武后、玄宗之时，晚则不过于元和、长庆年代。此为早期五、六、七言诗之入乐而变为词者也。②将五、六、七言诗略事破体，如《调笑》《渔父》《章台柳》《忆江南》诸调是也。③敦煌抄本有《云谣杂曲子》，分置巴黎、伦敦二处，朱强村去其重合而得三十首（见《强村遗书》），持以与温词合读，可发见词调名目增多，又同一调名而字数、格式各有不同，此中自有因缘在焉。④疑伪之作，如玄宗《好时光》，李白《桂殿秋》《清平乐》《菩萨蛮》《忆秦娥》，吕岩《水龙吟》《沁园春》，以上数调皆超出中唐到晚唐时代一般形式之外（《好时光》例外，或为玄宗之作）。《桂殿秋》，刘禹锡之后易名为《潇湘神》，不应为太白时所有；《菩萨蛮》则太白时尚未入中国，《忆秦娥》为双叠，其事甚晚，绝不能出于开元、天宝之间，《沁园春》《水龙吟》发生于宋代，吕作当为神仙家所托言。

3. 由近人眼中所见词体的形成

对于词之文体，首先须有音乐之概念。大曲乐谱皆相连成套者也，余外有若干小曲与之平行发展，不全有套数。将唐宋人乐府调统计，知有若干有调无词之曲名。飞卿前流行小曲有廿一调，吾人可泛名之曰杂曲子，后来一部分杂曲子成为大曲之一遍，据材料统计，原为杂曲、后入大曲而有独立性者凡八调，如《抛球乐》《忆江南》等是也；一部分始终未入大曲者如《踏歌词》《花非花》《怨回纥》

等是，皆独立发展者也。其雅正者为文人所利用，因得传于后世；非雅正者但流行于教坊，不登大雅之堂，遂随时代以湮没。唐开元、天宝间，大曲正式成立，多采文人已成之绝句配乐，为大曲作词者盖寡；另一方面则有文人为杂曲子填词，当时人惯作五、六、七言诗，故适于五、六、七之调则为之填词，而不适合者则任其流行于民间，故有曲而无词。后大曲发生摘遍之习气，故一部分词名乃出自大曲之摘遍中，崔令钦《教坊记》记大曲之名三百余，今而仍为词调者凡七十余，故词调之发生若干种类，一面与大曲发生有关，另一面为民间流行之小曲衍而为词者，其数凡七八十云。此转变在元和、长庆间。然白、刘当时何以只填数调而止，盖与文人身份问题有关，不屑为歌伎填词耳。迨飞卿出，始大胆流连教坊，不顾身份，遂有若干新调之增加，实则为大胆利用民间小曲而制新词者也。此一现象之形成，不在词调之转变，而在文人身份之转变。

敦煌材料可供词发源问题之参考者凡三种：①《云谣集杂曲子》；②《舞谱》；③《曲谱》。在《云谣集杂曲子》未出现以前，人读唐五代词有一问题不得解决，即杜牧之《八六子》，钟辐子《卜算子慢》，二人皆晚唐人，形式为长调，内容为记事，似与词之由小令逐渐向长调发展之规律不合。及上书一出，总全书凡十三调，极似杜、钟之作，启示吾人在唐五代时之词体，除小令外实另有一种小曲子自成一格，兹举《云谣集》中《凤归云》为例，词云：“征夫数载，远寄他邦，去便无消息，累换星霜，月下愁听砧杵，拟塞雁成行。张眠鸾帐，枉劳梦魂夜夜飞扬。想君薄幸，更不思量。谁为传书，以表衷肠？倚牖无言，垂血泪，暗祝三光，万般无奈处，一炉香尽，又更添香。”此词不如小令精练，又不如长调之周转，当为长调早期之形式也。十三调中，有与今调相同者，唯形式则有异同，如《倾杯乐》《破阵子》《拜新月》等是，有见于大曲者，有不见于大曲者，其与词调又有异处，如《倾杯乐》柳词凡七种格式，与《云谣集》者又各不同。故温词、柳词之来源背景均可于此无文字之史料中推测得之。此类民间流行曲子，自飞卿出而有第一度之发展，耆卿出而有第二度之发展。

《舞谱》为刘半农所题名，载《敦煌掇琐》第一集，凡六调，即《浣溪沙》《遐方怨》《南方子》《南乡子》《凤归云》《双燕子》是也，一调不止一曲，当为当时舞谱。朱子《语类》云：“唐人俗舞，谓之打令。余幼时闻父老言，诸老犹及见其王父辈舞俗，舞有歌词，人误以为瓦窑。”持与《舞谱》对勘，颇能相符。故知小令与杂曲或摘遍无关，唯小令之“令”字今犹不得甚解，疑为小乐器。唐代宴会，例有妓女作乐侑酒，妓从而歌之，以酒令为节奏，酒令中有谐音令，说令者曰起令，应者曰接令，如“远望渔舟不过尺八”接曰“凭栏一吐便已空喉”。尺八即箫，空喉谐为“箜篌”，后渐衍为歌词之令，打令时歌伎必为歌之，不必太长，今日本犹存此风。飞卿诸词皆酒筵间所适用者也，故为小令。五代以来，最初失传者为舞，次为曲子，北宋而小令舞亡，南宋而曲子亡，故朱子时人不得解焉。愚以为舞亡殆与桌椅有关。

《曲谱》为向达自欧洲摄影带回者，存九调二十五谱，即《西江月》《倾杯乐》《伊州》《心事子》《水鼓子》《急胡相问》《长沙女引》《撒金沙》《营富》（瀛府）是也。前三调为唐大曲，后六调不见于晚唐小令，疑晚出于北宋初年，每调有数谱，谱下注有急曲子、慢曲子之字样，皆简谱。唐以前之乐谱皆用五音十二律（朱子所传《风雅十二诗谱》为瑟谱，为中国乐谱之最古者），简谱之制当在唐以后，与胡乐同时传入，姜白石《旁谱》及张玉田《词谱》并记此事，但至今不甚了解，唯王骥德《曲律》一书较姜、张之作略近，尚有头绪可寻。自《敦煌曲谱》之出，计所用凡二十一字，可识者唯七字而已，字为：ス、七、ㄣ、一、⊥、八、V、之、几、乙、彡、十、丨、匕、工、ㄐ、フ、ム……（编者按：此处不足二十一之数，因系讲稿记录，姑依旧），可识者为：ス（六）、彡（上）レ（句）、几（凡）、フ（工）、ム（合）、一（乙）。“句”为上车间之一音。曲旁又有板眼记号，日本宫内省中有《左舞谱》，用字颇与《曲谱》颇相近，然材料不易得，故仍无法解释。

玄宗时乐工之传习无谱，但靠耳之听习，由南卓《羯鼓录》（唐）记故事可以推知。其一记玄宗好羯鼓，当时名手曰黄幡绰，帝问有谱否，绰画二手以对，意为唯二手可靠，无谱可言。又记渔阳琵琶名手入长安寻长安名手，长安名手令其女以小豆记对方节拍，然后令其女复弹而正其失处，故知曲谱在玄宗时尚未发生。自《曲谱》迄白石《旁谱》、玉田《词源》，此期中音乐殆有大变，《旁谱》之前，《曲谱》之用不限于乐器，而其后则限于琵琶与笛而已，今日本、高丽所传之《曲谱》为篥谱，亦简字也，与琵琶谱有别。燕乐究竟为二十八调或二十五调颇有问题，宋仅用十七宫调，元用十三宫调，明南曲所用更少，今皮簧戏但用一商调，故自唐迄今，音乐变迁自复杂退至简单，可谓达乎极矣。二十八调云者，乃唐琵琶四弦，每弦翻七调者也，然唐又有五弦琵琶，则又有三十五调之可能。故日本久木尚雄以敦煌曲谱为五弦琵琶谱，极为有见。关于词之起源所知材料尽此矣。

附：本节参考资料

（1）唐乐舞及大曲

《隋书·音乐志》《旧唐书·音乐志》《新唐书·礼乐志》《乐府诗集》（二十六—三十卷）、唐段安节《乐府杂录》、唐南卓《羯鼓录》、宋王灼《碧鸡漫志》（以上三书见《丛书集成》），又可参考《辽书·乐志》。

凌廷堪《燕乐考原》（以毕生精力研究燕乐，为极有力量之书）、日本林三谦《隋唐乐调研究》（书中记载印度发现中古石碑，上记乐调，英人考之，名曰“七调碑”，颇与《隋书》所记相合，故推想中国燕乐二十八调可能来自印度）、日本田边尚雄《中国音乐史》第三章、王光祈《中国音乐史》第四章（以上四书可合为一组）。

王国维《宋元戏曲史》、日本盐谷温《中国文学概论讲话》第五章第二节、日本青木正儿《中国近代戏曲史》第一篇（前半用王国维意见，无多发明）、贺昌群《元曲概论》第二章、向达《唐代长安与西域文明》、崔令钦《教坊记》（乐调）、《乐府诗集》（十九—八十二卷）、王国维《唐宋大曲考》、王易《词曲史》第二章第三节。

（2）词之起源

《词曲史》第三章第一节、青木正儿《中国文学概说》第三章第四节、夏敬观《词调溯源》。

二、韩愈柳宗元及其古文

（一）韩柳前文风之演变概况

单就文章来说，《新唐书》所记文风之变凡三期，今而言之，可分四期：①高祖武德初迄太宗贞观末，凡三十余年，为北朝文风之结束。②高宗永徽初迄玄宗开元末，凡九十余年，为齐梁派之结束，古文初次抬头，四杰与吴、富均在此时期中，陈子昂、卢藏用之出，可为韩柳之先驱。③自天宝初迄元和、长庆间，凡八十年，自萧颖士、李华下迄韩柳，为古文之完成时期。④自武宗大和、开成迄唐末，凡八十年，骈文、古文两衰，杂体文及公文四六流行，故五代及北宋初文体大衰，迨欧苏振起，古文又复中兴。

古文运动本身又可分为三段落：①萧颖士、李华迄柳冕。②柳冕迄韩愈。③韩愈迄李翱、张籍。今分别论之于后。下先论韩柳前之古文家。

（1）萧颖士——字茂挺，南陵人，开元二十三年进士，天宝后卒，年五十二（《旧唐书》九〇、《新唐书》二〇二本传）。如更上推，当及陈子昂（伯玉），然陈之成就在诗，且无具体理论，故论唐代古文自萧始，萧出于南朝南陵萧氏，为南方人，与李华友善。

（2）李华——字遐叔，赵州赞皇人，开元二十三年进士，肃宗立，贬官，卒于家（《旧唐书》卷一九〇、《新唐书》卷二〇三本传）。为萧同年（开元二十三年及第），二人为莫逆交。就造诣言，萧实较高于李。李尝作《吊古战场文》，杂诸古文以示萧。萧谓李如用力，亦可有此作，李大叹服其眼力。

（3）独孤及——字至之，洛阳人，开元十三年（725）生，大历十二年（777）卒，年五十二（《新唐书》卷一九三本传）。为李华私淑弟子。以上三人，彼此之间无系统之理论或主张，今但由各人集中披选出之。李华《萧颖士集·序》："君谓六经之后，屈原、宋玉文甚雄健而不能经世。厥后贾谊文甚详正，近于礼体……近日陈拾遗子昂文体最正……"此谓萧之提倡文体，主张实用，便于政治，古文运动盖自此发轫。独孤及《赵郡李华集序》："志非言亦不行，言非声不彰，三者相为用……自典谟缺，雅颂寝……作者往往先文字，后比兴……其结果……枝叶对比，文不足言，言不足志……公之体本于王道，大抵以五经为泉源。"此遐叔之主张文学当有内容也。梁肃《毗陵集后序》："初公视肃以友，肃仰公犹师，每申话言，必先道德而后文学，且曰后世虽有作者，六籍其不可几矣。"此论较萧、李更进一层，由文学之内容说到作家之修养矣，是为古文运动之萌芽，迄乎元结、柳冕，此风益张，而风靡于当代也。

（4）元结——字次山，河南人，天宝十三年进士（754），生大历七年（772）（《新唐书》一四三本传），此公亦无具体理论，然尝作《春陵行》，少陵之《三吏》《三别》盖受其启示者也。唐诗之社会描写，此风自次山开之。又尝作《贼退后示官吏》《五规》（出、处、对、心、时）《二恶》（圆、曲）。有次山而后有少陵之社会诗，有少陵而后有香山之《新乐府》，次山无师承，无弟子，然其影响则有不可阻者焉。

（5）梁肃——字敬之，一字宽之，世居陆浑，贞元末卒，年四十一（《新唐书》二二二本传）。崔恭《唐右补阙梁肃文集序》："大约公之习尚敦古风，阅传记，硁硁然导于人以为常。"古文运动之于"阅传记"极有关系，盖古文家重道德，必读古人传记以为养性之资，是以作传记为古文之长，其能制胜骈文者以此，后世古文家必作传记，其风自肃始。而大放厥词，立古文之主张者，当推柳冕。

（6）柳冕——字敬叔，蒲州河东人，约卒于贞元末。（《旧唐书》四〇附《柳登传》，《新唐书》一三二附《柳芳传》）与友人论文书最多。《与徐给事论文书》："文章本于教化，形于治乱，系于国风，故在君子之心为志，形君子之言为文，论君子之道为教。"《答荆南裴尚书论文书》："在心为志，发言为诗谓之文，兼三才而名之曰儒。儒之用文之谓也，言而不能为，君子耻之。夫君子之儒，必有其道，有其道必有其文，道不及文则德胜，文不知道则气衰，文多道寡，斯为艺矣。"其他论述见《与权德舆书》《答杨中丞论文书》《谢杜相公论房杜二相书》《与滑州卢大夫论文书》等篇。文以载道之说盖自冕始。《与滑州卢大夫论文书》："夫文生于情，情生于哀乐，哀乐生于治乱。故君子感哀乐而为文章，以知治乱之本。屈宋以降，则感哀乐而亡雅正，魏晋以还，则感哀乐而无风教，宋齐以下，则感物色而亡兴致。"此论为较前此诸人进步多矣。退之以前，冕为大家，惜其作不及退之，故为世所忘忽耳，然冕实集前此文论之大成者也。故退之能"文起八代之衰"，诸公开路之功殆不可磨灭也。

（二）韩柳古文之理论与成就

（1）韩愈——生大历三年（768），卒长庆四年(824)，年五十六（《旧唐书》一六〇、《新唐书》一七六本传）。其与前辈作家之师承关系，有以下脉络可寻：①少为萧颖士子存所知；②尝从独孤及、梁肃之门人游；③李华、宗子翰每称道之；④李观亦华族子，与愈同举进士，且相友善。

退之古文渊源，实自萧李而出，故立论犹有同乎诸前辈者，如《答李秀才书》："愈之所志于古者，不唯其辞之好，好其道焉耳。"《送孟东野序》："人之为言也亦然，有不得已而后言，其歌也有思，其哭也有怀。"皆是也。其独到之处，在论作家个人修养之言，真是前无古人，后无来者。如《答尉迟生书》："夫所谓文者，必有诸其中，是故君子慎其实。实之美恶，其发也不掩，本深而末茂，实大而声宏，行峻而言厉，心醇而气和，昭晰者无疑，优游者有余，体不备不可以为成人，辞不足不可以为成文。"此数语源于《大学》"诚中形外""君子慎独"之警句，及陆机《文赋》论体性之言，合而铸之，遂成笃论。《答李翊书》："始者非三代两汉之书不敢观，非圣人之志不敢存……如是者亦有年，犹不改，然后识古书之正伪，与虽正而不至焉者，昭昭然黑白分矣。""气，水也；言，浮物也，水大而物之浮者大小皆浮。气之与言犹是也。气盛则言之短长与声之高下者皆宜。”其论文以气为主，与魏文不同。魏文所谓气，乃作者之性灵，《文心雕龙》所谓体性是也；韩之谓气，即孟子所谓“浩然正气”。唐人作文好重言之短长、声之高下，退之欲破此拘束，乃主以气涵之，其源来自《孟子·养气章》。孟子以志、气、体三者并列，称“持其志勿暴其气”。以火车喻之，其全部为列车之体，其车头气也，犹今之言生命力，司机则志也。人能以心指挥其生命力，以作种种活动，故人须守其志，勿使生命力妄动也。此孟子二种修养功夫，不能使气本能地动，故须养其气，使之从志而塞乎天地之间。入手方法在“集义”，义源于是非之心，日行一义，渐减愧怍，至于理直，理直而气壮，气壮则生死利害在所不计，乃能“富贵不能淫，贫贱不能移，威武不能屈”也。能“集义”便能“知言”，此道自孟子而后不得其传，退之有志继之，遂创此“养气为文”之理论。由此而知言，而能辩古文之真伪与虽正而不至焉者，下开宋之理学，故古文家与理学家之相连，退之实开其宗，而后世之论道统者，亦必及之。韩氏若干笔札论议，多用两扇对举之法，此学自孟子者也。《答崔立之书》尤酷似孟子，所作《原道》《原毁》正属于此系统，此韩文之一面。

唐代因科举之故，人多不愿讲师承，韩为古文取法孔孟，故力倡师承，作《师说》以申之，此韩文之又一面。又古文家重视传记，故韩喜为人作墓志，亦偶作游戏文字以为应酬，退之《送穷文》《进学解》诸作，是渊源自两汉者也。此外，随当时求仕之风而有《上宰相书》，因持道统以卫道为己任而有《谏迎佛骨表》，子厚较之，相去远矣。

然韩之立身与文风亦颇为当时士子所非议，兹举其一二诤友之言论以为例。①裴度《寄李翱书》："文人之异在气格之高下，思致之浅深，不在磔裂章句、隳废声韵也。……（昌黎韩愈）恃其绝足，往往奔放，不以文立制，而以文为戏，可矣乎？可矣乎？今之作者，不及则已，及之者，当大为防焉耳。"此书可代表当时一般人对韩之评语。②张籍《上韩昌黎书》："比见执事多尚驳杂无实之学，使人陈之于前以为观，此有以累于盛德。""且执事言论文章不谬于古文，今之所为或有不出于世之守常者。此亦未为得。"又《与昌黎第二书》："君子发言举足，不远于礼，未尝闻以驳杂无实之说为戏也。执事每见其说，亦拊抃呼笑，是挠气害性，不得其正矣。"由以上引文观之，可见当时人士亦有不甚以韩为然者，故退之人格不甚统一，态度较孟子为逊，其性格为多方面而不能调和，故研究之颇为困难。

（2）柳宗元——生大历八年（773），卒元和四年（809），年三十六。（《旧唐书》一六〇、《新唐书》一六八本传）

性格与余事均与韩愈不同。韩心灵幼稚，意志不坚。柳则反是，故对韩有轻视意。就文学成就言，韩自过之；而就文学功夫言，则柳又远过于韩，惜滞于萧李阶段而未进耳。《答崔黯秀才书》："然圣人之言，期以明道，学者务求实道而遗其词。"《报袁君阵秀才避师名书》："大都文以行为本，在先诚其中，其外者当先读六经，次《论语》，孟轲书皆经言，《左氏》《国语》；庄周、屈原之言，稍采取之，穀梁子、太史公甚峻洁，可以出入，其余书俟文成异日讨也，其归在不出孔子。"其自道写作之言有《答韦中立论师道书》："故吾尝为文章，未尝敢以轻心掉之，惧其剽而不流也；未尝敢以怠心易之，惧其弛而不严也……此所以羽翼夫道也。""本之《书》以求其质……此吾所以取道之原也。参之《穀梁》以厉其气……此吾所以旁推交通而为之文。"此明柳之功夫在外，非若韩之在内也。故柳文与性格可分为二，而韩则合而不可分，曾国藩尝以韩文为阳刚，柳文为阴柔。二人者尝有匹敌之意，势均力敌。韩文高于柳者在读书录与《原道》诸篇，而柳之高于韩者为永州山水诸记。柳用心极深，韩则重感情近于自然，乘兴而动。柳以神经衰弱而终，韩则以好酒血压高而卒。总论二人成就，韩固过于柳也。

（三）略论韩门诸弟子

1. 李翱——字习之，《旧唐书》一六〇、《新唐书》一七七本传。

李氏文学主张，见于《答王载言书》，较韩柳为琐碎，其最大成就，在《复性书》三篇，乃受韩《原道》之启示而作，其友陆参（公佐）极力鼓励之，以发扬韩文《原道》之系统，此北宋理学家之来源。盖李以孟子为主，加上《中庸》而论人之修养，以复其性，遂发展为周濂溪之《太极图说》及二程所倡之道学。

2. 皇甫湜——字持正，睦州新安人，《新唐书》一六〇本传。有关著作有：《答李生第一书》《第二书》《第三书》《谕业》。

韩门中李习之为别派，盖韩之直接影响，在北宋欧、苏、曾、王诸人之古文运动，而习之则影响程朱之理学派矣。故其真正承古文衣钵者为皇甫氏，然较昌黎则远逊之，渠以为韩之作风奇特，并非可诟病者（《答李生书》），聊以非奇特不足以惊世骇俗，是以愈奇愈可宝贵，《喻业》一篇即其整个理论，然仍是昌黎一套法宝，无可珍视之创造。

3. 来择——字无择，为皇甫持正弟子，存文无多。其弟子为孙樵，字可之，著有《与友人论文书》《与贾希逸书》《与王霖秀才书》。韩文四传至孙樵而衰，盖已逮晚唐时期，时代风气已变故也。

4. 处韩柳之师友间者四人——①李观，字元宾，李华从子，《新唐书》二〇二本传。韩尝为撰墓志，早死，成就小。②李汉，字南纪，《旧唐书》二七本传，为退之同年进士，以兄子妻之，成就不大。③张籍，字文昌，《新唐书》一七〇本传，当时声名极大，然成就在新乐府。④沈亚之

——字下贤，吴兴人，事见《唐才子传》，文有《送韩静略序》《答学文僧请益书》。与张文昌同隶元白旗帜下，后世多重其传奇之作，当时韩有《圬者王承福传》，柳有《种树郭橐驼传》，香山作《长恨歌》，陈鸿作《长恨传》，介乎其间者，即沈亚之传奇作也。

5. 樊宗师——字绍述，河中宝鼎人，《新唐书》一五九附《樊泽传》。所作有《绛守居园池记》（孙之騄注本），文曰："绛即东雍，为守理所，禀参实沉分，气蓄两河润，有陶唐冀，遗风余思，晋韩魏之相剥剖，世说总其土田土人，令无硗杂扰，宜得地形胜，泻水施法，岂新田又丛猥不可居，州地或自有兴废，人因得附为奢俭，为守政致平理与，益侈心耗物害时与（下略）。"此为极怪之文字，古人罕有能解之者。清人孙之騄为之作注，其文故意不用通行之文法，如不标点，句法皆极成问题，而退之为作墓志，极称道之，亦专好险怪之同嗜者也。

6. 权德舆——字载之，为韩门中较守旧者，文颇典重，掌制诰。

7. 李德裕——字文饶，有《穷愁志》中之文章论，为古文家而有理论者之最后一人。其家三世不准置《文选》，可见壁垒之森严，为唐代古文家之殿军。

附：晚唐文作者

（1）令狐楚：字壳士，为走初盛唐制诰之路。

（2）皮日休与陆龟蒙：二人不应称古文家，乃写笔记式的散文，皮著《皮子文薮》（古文末路），陆有《天随子》。

（3）三十六体：温庭筠、李商隐、段成式均排行十六，同工四六文，故名“三十六体”。

（4）陆贽，字敬舆，撰有《宣公奏议》，为骈文不甚华丽，将个人政治主张全入文章之内，为经济之大文字，德宗之平内乱，人多归功于《宣公奏议》。盖其情韵深厚足以动人，故章氏谓：“有唐可读者凡三部：于典章有《通典》，于史学有《史通》，于文章有《宣公奏议》。”信然。

三、白居易元微之及其新乐府

（一）中唐诗风之易辙

盛唐诗自下看为中、晚唐诗之泉源，自上看为南北朝初唐诗之总汇，盛唐诸公各有独到之处，至大历十才子为强弩之末，乃不能不有所变，其变凡三路可循：

1. 复古派——如元结《二风诗》《补乐府》，顾况《上古之什》等。《二风诗》为学《诗经》者，《补乐府》乃学汉乐府风格，工部“三吏”“三别”、《兵车行》即学此派。顾《上古之什》为全学《诗经》者，此风自宋下迄明代一系不断，时有拟作。

2. 险怪派——重要者凡三人，即卢仝（有《月蚀诗》)、李贺、马异是也。三人同学楚辞意境，故意迷离其词，富于辞藻，其中以李才气最大，似《九歌》《九辩》，卢、马则似《天问》，均不肯着实，不写现实生活，各骋其想象以相高。退之即属此派，然不能概其全。

3. 琐细派——有李益、司空曙、夏侯审、孟郊、贾岛诸人。此派愈作而愈琐细，愈不关大体矣。唯昌黎能包三派之长而自成风格，此所以为大家。其《元和圣德诗》（复古派)、《月蚀诗效玉川子》（险怪派)、《游城南诗》十六首（琐细派）为三派作风之突出表现，其独到之造诣，则见于《秋怀诗》《县斋有怀》《寄张籍》诸作。《秋怀诗》效陈子昂而用盛唐笔调，虽工部亦无此风格，影响宋人最大，盖已打破盛唐氛围，有散文之文法与气势，大为王荆公所推重。此派人亦无具体之理论。

（二）白居易与元稹

白居易、元稹、刘禹锡、李绅四人可列为一派，而以李之行辈较晚。四人共同努力于接近民间，而各人道路不同，如元、白找民间材料而以民间流行七言体写之，刘则自湘、桂诸地采“竹枝”而作诗。元、白理论，在白氏《与元九书》中，此为唐代诗歌理论之重要文献。前此虽有诗论，然多琐碎而无系统，其根本理论为：诗歌当有为而作，当为时代而歌唱。自二人同年登第后，即相约共同发扬此目的，至于终身而不懈，具有一贯之主张，此新乐府之所由产生也。似此以理论指导创作实践写作方法，诚前此大家所未有也。白成《新乐府》五十首，元亦以同样题材与形式写之。前此数年，乐天先发表其《长恨歌》，盛行一时，晚年悔之，后二年为拾遗，乃开始《新乐府》写作。此类诗篇为史诗性质，乃按实境描写，少写理想，技巧之进步较《长恨歌》未远，但描写现实则为内容之一大跃进，而唐代当时之社会背景遂因此而得较真实详细之记载。元白诗当时广播四宇，高丽、日本靡不有之。二人作风特点是理论与作风并重，且为有计划之写作也。

张、李亦有意走元白之路，然成就不及元白，殆为素养与天资所限耳。李有白之柔和而力不及，张笔虽刚而不开阔，故可传者少。刘禹锡根本不作新乐府，而自作《竹枝》，白亦尝效之，然卒不及。

此派趋向民间，无异走上复古之路，然绝不取险怪而集琐细派之大成，其成就凡四点：①长篇诗，如《长恨歌》《连昌宫词》《琵琶行》《江南遇天宝叟》等。初唐七古多抒情作，至盛唐唯工部、嘉州、太白能之，然数量不多，元白可谓极其盛矣，影响后世之弹词。②新乐府，此对古乐府和唐乐府而言，古乐府不能更动其调名，唐乐府为唐所新创调名，非诗名而为乐名，元白之乐府则由诗中取题，不守乐府规律，其弊在使后世作曲家忘却乐府诗之与音乐有关。③成数诗，即同时作若干首，一直连下，前此之成数诗乃陆续作成，集而题之，与元白所作不同，如元之《有乌二十章》《有酒十章》，开晚唐、北宋极坏风气，以此为消遣斗胜之工具，注重技巧之花样，而内容不复问矣，晚唐诗人皮陆二家，即其代表。④小诗，如白之《昼卧》《夜坐》《村居》《晚寒》，元之《桐花》《雉媒》《苦雨》《说剑》，此由琐细派而来，然已有进步，盖琐细派之作意境，对象极小，而元白之作乃加入个人想象，其中即加入画景，为偶然兴到之作，篇幅似词而意境似小品文，离画近而离音乐远矣。

附：元白以后，杜李之前一段时间中之作者

（1）李德裕：为回忆派之代表。

（2）徐凝：自琐细派来，缺乏气象，盛唐诗可爱在此。

（3）施肩吾：在求清新，其弊在欠典重。以上三人均不成家。

（4）姚合：有志于诗，刻意学杜，诗之数量较多，工力亦盛，然诗题材为多方面，失之枯干不润。

此数人诗多，当时亦负盛名，然不能成派。此期间诗人共同毛病在缺乏感兴。唐诗人中重感兴者，唯陈子昂、杜子美、李太白三家。三家不作诗时似空空而无所思，一遇刺激，即援笔直书，不稍等待，故老杜尝称“清新”二字。而此期中之作者作诗，皆为回忆之作，自无清新可言，沉淀后捞回之物，其力固不足也。

第四讲　晚唐五代文学及其文艺论

一、晚唐的诗人与词人

（一）杜牧与李商隐

晚唐诗为历史三种潮流之结果：①盛唐完成之律诗，至晚唐花样业已变尽，无法翻新。而遵循旧套，故晚唐诗人律体极多，运用旧套词彩，摇笔即来，极少古诗，形成滥调，感人不深，律诗之五六一联皆千篇一律。②词彩极美，此受词之影响者也。晚唐词在文人手中虽较少，而教坊中却极普遍。③元白之后，人多喜以俗语入诗，较近自然，而晚唐尤盛，故诗中多用白话土语，成为晚唐诗特色之一。后世戏台之压场词常用晚唐诗，盖取其通俗耳，然为趣味高雅者所不取。诗中大病，厥在缺乏感兴，此风至晚唐而益盛，故可观之作品甚少。能跳出此潮流者，当时便称大家。杜牧、李商隐、温庭筠即鹤立鸡群者也，然亦各有所本。

杜牧为纯白派，而加以张籍；李商隐为杜派，而加以韩愈。牧之与香山不同处在笔力刚健，绝律迥与香山不同，七古如《杜秋娘》《张好好》纯为元白笔调，加上张籍，别成一格。绝律有清刚蕴藉之致，白诗有老年人风流自赏之概，而小杜之诗则具壮年人之情味。晚唐人诗意态之好，牧之应推独步。义山七律全学工部，晚年之作，变化极多（全唐诗人律诗变化最多者应推工部与义山二人），古诗则师退之，退之每以作文之法为古诗，喜发议论，义山《韩碑》之作即是昌黎面目。综其成就，以律为最工，故应属于杜派。樊川于晚唐无兴会中独具兴会，义山于圆熟之中而避熟就生，故均能卓然自立焉。

（二）温庭筠与韦庄

下举四人，身份与环境各有不同，故成就与作风亦殊异。樊川居微官无多委曲，故诗较清畅；义山居令狐绹门下，不得畅所欲言，乃不能不隐讳其词，作《无题》诗以喻意；飞卿为社会之流浪人，无身世之感慨与特殊之身价，故不得与李诗并论；韦庄则为亡国王孙，心多感喟，相蜀恒郁郁以没世，此与飞卿处境又自不同，故读其词不得以读温作之眼光剖析之。故就身份与作品关系言，杜温为一派，李韦又是一派；然杜李均以诗名，温韦则词名过于诗，此又不同。温诗出于施肩吾，盖师乎元白而加以流利轻巧，无樊川之清刚与蕴藉，轻巧玲珑而已，其词则独步晚唐矣。初，文人与教坊不甚沟通，不肯降低身份为教坊填词，而飞卿肯贸然为之，遂得意外成功，一如鲍明远之采用民间乐歌而卓然成家。从此，晚唐五代词乃投入文人怀抱。韦庄早年抱负极大，不肯降低身份，故早年所作诗词极为少见，其所作《秦妇吟》名噪一时，晚年悔之，不愿流传，禁写幛子，故遭遗佚，迨敦煌写本出现，又复流播人间。此作风格出自元白，然不复铺陈词彩，字字写实，上追老杜之“三吏”“三别”。盖寓蜀以后，王建自立，强藩跋扈，文人不敢声张，故隐讳其词以寓故国之思，而诗词风格遂与众迥异。综观四人中，以格调言之，韦最高，杜次之，义山又次之，飞卿最下，风云月露而已。

（三）其他诗人

皮日休与陆龟蒙为晚唐特殊人物。晚唐人诗文重形式，甚至连生活亦重形式，皮、陆二人其尤者也。元、白二人曾无意开倡和之路，皮、陆有意学之，而根本未能学像。盖元白之心重在生民社会，而皮陆则相约为江湖隐者，倡和之作不仿新乐府，但仿元白成套之小题诗作，故使人读其诗有无可如何之感，成不上不下之局面，二家终身致力于此，收获极少，至为可惜。其他可称者有司空图、杜荀鹤、罗隐、徐夤四家，可以琐碎二字概括其作风，无大题目与大感慨。司空图以《诗品》一作为最大成就。杜荀鹤当时影响甚大，作品数量亦多，然皆千篇一律，格式不出五六种，无甚可称。罗隐为江东三罗（虬、邺）之一，笔力甚弱。徐夤诗风格与荀鹤相近，以年高人从之学诗而有名。

研究晚唐诗人可走二新路：①以五代词之内容与晚唐诗比较；②晚唐多白话诗，遂为民间艺术所采用，可于北宋及金元话本中求其生命流传之所及。

二、五代词人

通常称五代词，概念极为笼统，实际言之，应以地理分之。自中唐而后，中央势衰，藩镇崛起，中央文化因而四溢，往往散裂于诸藩之幕府中，文学风格亦随环境而呈不同之面目。五代词以地区言可分为四区，即二蜀、南唐、晋与荆南是也。

（一）二蜀荆南与《花间集》

自隋以来，南北文化即有不同之色彩面目。经唐三百年之陶冶，长江下游以金陵为中心之文艺，仍未因统一而生显著之变化。唐代长安有变乱时，有二路可走，其一西走剑门以入蜀，其二南走荆州，绝不肯东下以至金陵，盖文化不同之故。及黄巢、朱温之乱，乃将整个文化中心打破，因而分存于各地。其一为二蜀，以成都为中心继续发展，其地去长安较近，故直承晚唐文化正统；其次为荆南，其地土风诗势力极大，避难者至此，与地方色彩相结合，形成长江上游之文学风格。至于以金陵为中心之文学面貌，自又与长江上游者异。北宋统一以后，文化承继乃取自金陵，如南唐澄心堂纸之移入开封，即是一例。

以词人之数量言，二蜀作家最多，前蜀八人，后蜀五人。前蜀计有韦庄（端己）、薛昭蕴、牛峤（松卿）、毛文锡、李珣（德润）、牛希济、尹鹗、魏承班。韦词存五十三首，内容可分三类：一为应酬之作，如《喜莺迁》之贺及第是；次为近于飞卿之教坊词；三为以诗之寓意寄托入词，用抒个人怀抱，此为特色，文人之大量填词虽始于飞卿，而境界增高则自韦发端，然韦仍属花间派之词人。薛词存十余阕，此时人填词，内容与词调相合，当为晚唐之一般格式。松卿存词二十七首，格近飞卿，而质较低。希济近薛，初官于蜀，后入仕南唐，并具两地风格。毛词较二牛教坊气少。李先世为波斯人，故当时称波斯胡，存词五十余首，近荆南风格，多写土风。魏、尹二家无甚可称。《花间集》选词以前蜀作家最多，乃代表以成都为中心之文学风格。后蜀词人计有：顾敻，鹿虔扆、欧阳炯、阎选、毛熙震。顾在后蜀为特殊作家，每思推陈出新，改良词体，自小巧处入，故二蜀词人以巧思见称者，当推顾为第一。

鹿词存者不多。欧阳为蜀人，存词四十八首，内容甚杂。毛亦尝官于南唐，喜填大曲之摘遍。阎存词六首，无特点可言。

荆南词人足称者唯孙光宪（孟文）一人，晋则仅和凝（成绩）而已。孙为蜀人，官于荆南，北宋初犹在，其词风近刘梦得之诗，盖采土风“竹枝”以入词调，变教坊词为荆南之土风，开词之新境界。和凝，山东人，为五代元老，当仕时人号“曲子相公”，足见其好词之癖，今存词二十四首，专为教坊而作，词格极低，故可传者有限。

（二）冯延巳与南唐二主

冯延巳（音嗣），字正中，广陵人，为南唐太子（中主璟）太傅。南唐迄北宋初之小令，自冯开山。南唐词风不同于花间者，在完全脱离教坊成为文人抒情之工具，使词之重心全变；加之南唐文风极盛，使作者心情不致低落，故能超出晚唐风格。词至正中，遂由写事转到写情，由对外转到向内之局势，晚唐及二蜀词之渣滓，及此尽去，故正中之出，为词划一新的时代：由情浅而转深，内容由浊转清，由力弱转为强健。故云：自二蜀而上，唐也；南唐而下，宋也。正中实为唐宋词分野转捩之人。

南唐二主中，中主天才逊于后主，然工力极深。中主璟，字伯玉，年龄小正中十余岁，君臣相见，好谈文学，故人疑南唐词之风格主要受正中之影响。中主词向情深处发展，境界较为凄婉。有中主、正中之倡导培养，然后乃有后主在词方面之成就，此境遇与天才配合之所致也。后主字重光，其词之发展变迁凡三期，今流传极盛者为晚期作品，特分期论之如次：第一期为自学词迄与大小周后婚爱阶段，现阶段，此后主生活最优裕时期，本期词风，近于二蜀；第二期为宋太祖即位，开始压迫南唐，改帝为主，上表称臣阶段，其八弟重善朝宋被拘留，国势日蹙，后主悲哀自此始，词风深化，然犹未极其深广，造乎绝境；第三期自为囚于宋，至服药酒中毒死止，年四十二岁，今所传诵诸词，即此最后三四年中之作，风格最为成熟，乃完成正中、中主培养之词风，内容则推一己之悲哀及于大我人类，推一代之同情及于千古同情，又因笃信佛教之故，心胸自然开阔，加以亡国之悲运，遂成其造诣绝伦之独特风格。唯其人之风貌与词境不合。

三、唐代的子家言

《文中子》而后，子书近于绝迹，凡子书著作必须有二条件，一为当时之思想发达，一为作者善于持论。自六朝以来，文人写作多尚风云月露而不能持论，迨萧（颖士）李（华）之起，下及韩柳，散文始又抬头。然唐代之散文或子家言，每与笔记不分，此情况至五代而结束，故乏名著可称。有之，亦不足语于第一流，兹举数种于下：①林慎思《续孟子》二卷，《申蒙子》三卷（出于《太玄》）。②张弧《素履子》三卷。③赵蕤《长短经》九卷。此书为纵横家言，晚唐五代风气，多尚儒道合流之思想，文人每主儒家思想而过道家生活，此书为代表作。④罗隐《两同书》二卷，前五篇说老子，后五篇说孔子，为当时风气之具体代表。⑤谭峭《化书》六卷，每卷一篇，全为道家言，一名《齐丘子》，散文至此而陵夷矣。又晚唐好以"子"名其集者，亦是一时风尚，如刘蜕《文泉子集》，文仿扬子云，实近元次山，皮日休有《皮子文薮》，为晚唐散文家，特好《孟子》，尝上书请立《孟子》于学官，影响后代古文及理学甚大；陆龟蒙有《笠泽丛书》四卷，一名《天随子》，在北宋欧苏未起以前，散文作家当以此辈为代表。

四、晚唐五代的文艺论

欲以《文赋》或《文心雕龙》为标准求文艺论于唐代，则徒见其支离散落而已。关于诗论，以白氏《与元九书》、元氏《杜少陵先生墓志》（《唐检校工部员外郎杜君墓志铭》）二文为力作，余无足观。至宋乃有大量诗话之产生，代替诗的理论大宗，然均杂乱琐碎，此风实自唐人开之。唐人诗较有系统者凡二书，一为释皎然之《杼山诗式》。皎然为诗人谢灵运十世孙，秉其家风而发扬之，为宋人诗话之来源，其书内容大致分为二部：一为作诗理论，论诗格、诗调及写作方法；一为批评前人作品，最重要者为以单字形容诗之格调，开司空图《诗品》之先河，后世以意境辩诗自此始。其辩诗体十九字为：高、逸、贞、忠、节、志、气、情、思、德、诫、闲、达、悲、怨、意、力、静、远。为唐诗发展三百年之总结，颇似《文心雕龙》之《体性篇》。主张人顺择其近于己意者而进行创作，至司空图乃完成此一理论。其次为《诗品》，此司空图（表圣，虞乡人）受《杼山诗式》影响而撰作者也。其书分二十四品，第一境界以二字标名，每首意境均以相近之笔调阐发之，此影响后人作诗论崇尚意境的风气。

附论一：刘知幾《史通》

刘子玄生高宗、武后之朝，其书成于景隆四年，组织之完整，可谓空前绝后，渊源来自范蔚宗《后汉书·自叙》与刘彦和《文心雕龙》。唐初大量修史之风气极盛，在此环境中，乃培养其终身致力于史论、史法方面的研究，自古文家作史之风起，其先决条件必须懂史法与史体，子玄之作，与有功焉。然此书在当时影响甚少，至北宋欧阳公与宋子京修史，相与论列，颇近《史通》风格，于以觇其对古文家修史之影响。此书前五卷于文章无甚相关，以下数卷则颇有帮助，在《内篇》中，如《言语》《浮词》《叙事》《直书》《曲笔》《模拟》诸篇，对宋以后古文影响极为重要，与韩柳之论异矣。《外篇》中有《占烦》篇，实来自《内篇·烦省》者，故欲看宋以后之文学理论，必自此入手。唐人不敢倡言《史通》者，盖其中有《疑古》《惑经》二篇，此学自《论衡》之《问孔》《非韩》《刺孟》者，其时定儒为一尊，故人不敢和之，亦理之宜；然宋人对古书之抱怀疑态度，似又不能与子玄之书无关也。

附论二：日本空海《文镜秘府论》

此书成于日本，在中国不甚流传，近代日本学者铃木虎雄作《中国文艺论》尝略引之，乃为国人所注意，乃有汉译本之出现。在唐武宗、文宗时代，日本曾派学问僧入唐，唐文化之输入日本，此辈实为功臣。空海卒于文宗大和九年，居唐者凡十余载。密宗盛行后，国人称之为遍照金刚，日本尊之为弘法大师。其对日本功绩凡三：（1）传密教入日本，至今不衰；（2）日本原无假名，读书全为汉文，无文字代表其本国语言，时印度梵文拼音传入中土，空海乃采汉字偏旁，以梵文拼音方法，参照日本方言而创造假名，为日本有文字之始；（3）采唐代种种文艺形式理论，集而成书，凡六卷，即《文镜秘府》是也。凡在历史潮流进行中所选择保存者，必为当时较高之成就，而一般流行于社会间价值不甚高之文物，往往遭受淘汰，而空海书中所收却属于后一类者，即保留了唐代一般通行之文籍，今中土欲知究竟，反不能不借光于东瀛矣。其书分天、地、东、西、南、北六卷，内容大要如次：（1）天卷有调四声谱、调声、用声法式、八种韵、四声论，在唐代流传之琐细文物，于此可见一斑。(2）地卷有《论体势》等，分十七势、十四例、十体、六义、八阶、六志、九章，内容较为琐碎。(3）东卷有《论对》，分二十九种，笔札七种，言例，我国后世声律启蒙书之所从来也。（4）西卷有《论病》，分文二十八种病，文笔十病，得失二部分，由此见出唐律诗及四六完成所受社会流行俗论之影响。(5）南卷有《论文》，意者为今诗韵卷中所列《词林典掖》之类所渊源。(6）北卷有《论对属》（指文章)、《句端》《帝德录》《叙功业》《叙礼乐》《叙政纪恩德》，均应酬文之格式，当是唐代士子应试之《兔园册子》之类。

治文学史须注意二事：（1）注意某时代中文人必读之书本；(2）注意某时代流行之陋书，如梁萧统之《十二锦》，即供案牍运词参考之用者也，连珠体即源于此。又如北魏好刻墓志，往往千篇一律，当时必有俗书墓志格式，人死后文人为之依样画葫芦而写成之耳。

附论三：唐代佛教在文学史上的影响

1. 译经、造论及纪行

中国佛教自东晋迄唐代有两大译经事件，一为姚秦之鸠摩罗什所主持，一为唐初玄奘所领导。就文体言，姚秦以前为另一风格，如《弘明集》诸作，乃尽力使佛经中国化，迁就国情，使国人读之不致刺目。鸠摩罗什来华后，则一反前此态度，力求合乎原义，不复迁就国人，观《高僧传》中记述译经之事，可知其谨严态度。至唐代，玄奘亲入印度者若许年，归而重译佛经，谓之新译，而称前者为旧译。新译经之妙，在一方面不失梵文原意，一方面又能合乎国情，译经至此，遂登峰造极矣。在姚秦李唐时代，均设有译经场，内分为若干组，每组多则七人，少则五人，其中一人为译主，其余各司一职，如证义、证文、笔受、润文等。姚秦时代译主多为外国人，润文者必为汉文名家。玄奘译经时，润文者即太宗十八学士。译经程序为：译主念一句，译术照原文直译（如梵文之动词在后，译时亦放动词于后），笔受直书之，证义乃按汉文调整之，再问译主，译主点头，然后交润文者进行加工。此种经文，按理当能影响中国人之持论谨严茂密，然当时所能接受者唯俗讲而已，能得其精华者亦仅玄奘弟子窥基与圆测二人耳。其未能发生普遍影响者，殆未能与儒家经典打成一片有关。计玄奘译经共七十五部，一千三百三十五卷，一千三百多万言。

中国古代人不多作游记，记行文每用赋体，晋法显入印度始有《佛国记》之作。玄奘西游归来，作《大唐西域记》，记述沿途地理、山川、风物、民情甚详，为中国游记开山之作。故在《徐霞客游记》出现以前，在家人所作游记，罕有超出于和尚者也。

2. 禅宗语录

此种文体，影响晚唐及宋代文学甚大。佛教入国，原走北路，至梁武帝时，菩提达摩乘舟至广州。后入金陵谒帝，为佛教之别派，重顿悟功夫，不甚投机，乃北走嵩山少林寺，面壁九年，后传至慧能而成佛教南宗。其宗风为打破一切束缚，为求传道普遍而用白话说法。记录时亦直书口语，遂成白话语录之新文体。今所见《景德传镫录》《五灯会元》诸书，即当时所流传者也。流播既广，遂影响文人写作，以白话记其理论，宋代理学家师弟问答实因袭此种新文体，而后代之白话小说，盖亦肇源于此。故禅宗对近代中国文学之贡献实有不可磨之功德焉。

3. 诗僧与僧诗

最早为王梵志，以白话说佛理，即偈是也。传至中晚唐而有寒山、拾得之诗，皆近于白话之韵语。晚唐会稽有二清（清江、清昼）者亦以诗名。五代有贯休、齐己，其诗面目与文人之作相等，已不同于佛家之偈。

第五讲　宋代朝野之文学（上）

一、北宋之朝政与士风

以年代而论，南北宋合有三百二十年，唐有二百八十九年，但就印象言之，则似觉唐朝成就较为丰富，其原因在：唐朝是外发的，域外文化均集中于国内，故觉其大。而宋则向外缩小，国势贫弱，故觉其小。

向外发展者必须有强有力的中央政府，以京都为中心，而播其文化于四夷；向内发展者，则朝廷不固，其文化只能在民间打定基础。故研究唐代文学，只注重其京都及音乐情况即足，而宋代则当注意其小说与戏曲，以其重心在民间故也。转变关键，厥在五代，宋既统一，朝野各不相合，故较之唐代，实有不同。

以士风言，北宋大抵继承自中唐。党争之起，远肇东汉，中衰于六朝及初盛唐，而极盛于中唐牛李党之水火，其影响下逮宋明，凡六七百年弗辍。党争缘于政见之分歧，如仅一二当政者之倾轧排诋，其势力犹浅，而中唐以来，权贵多养门客，则朋党之势成矣，常化小事为大事，喧嚣乎天下，后渐由文人门户之对垒转为武人争雄之藩镇。北宋统一，党争稍息，然无形中又养成新的势力，此肇于仁宗之世，名公如韩琦、欧阳修、范仲淹、夏竦、王拱辰、吕夷简辈，世所谓庆历党议者也。当时国内虽告统一，而边患未已，西有西夏，东北有契丹与辽，朝廷经济、军力俱乏，此引起朝士争论之焦点。韩、欧、范诸公持儒家看法，从大处着眼，而弊在缓不济急；而夏、王、吕则趋于功利，深为前数公所不满。其实两派互有短长，未可遽论轩轾，两派争论，至南宋犹未结束。仁宗二十年间，此起彼伏者凡十七次，对国家影响最大，使政治经济难走上正轨，而文人之生活情绪，亦以此为转移焉。

此时有新派者出，睹朝政日非，思从更根本处入手，乃不入朝廷而坚持在野，此辈中如胡瑗（安定），终身未尝参与政治，初为私人讲学，后入太学，其门下分“经义”“治事”二斋，即预备真正参加政治之人才。

夏竦一派，在政治方面尚有成就，而文学之士甚少。欧阳修尝为主考，当时俊士多出其门，故北宋一代之政治遂为渠辈所左右，可谓以欧阳公为中心之政治集团也。自唐末迄五代，科场文字多用“三十六体”（温、李、段四六体），宋初杨亿、刘筠从而提倡之，谓之“西昆体”，流行于太学，又谓之太学体。唯此辈多不从实际立基础，养成士林浮滑之弊。欧阳修典试于嘉祐二年，下令禁止考卷用

“西昆体”，遂激起太学生群情愤慨，阻马欲殴辱之，此风潮终被压下，而此年所录榜生遂擢为北宋一代文宗，其中髦士如程颐、张载、朱光庭、苏轼、苏辙、曾巩，皆知名于当代后世，而此次成绩遂为有科举以来第一次佳榜，主考欧阳公亦因之成为北宋政治文化之中心人物矣。此时在野讲学者有邵尧夫（康节）诸人，与在朝者别立一派。

神宗即位，极有抱负，思找一二有实际政治本领者改革朝政，时王安石（介甫）为江宁令有政声，因擢之参与政事，以曾子固（巩）佐之。荆公既上，韩琦罢相，而欧范及其门下怒之，不与合作，两派争执，又十八年。后欧阳公门下又分数派，伊川与朱光庭合为洛党，刘挚、梁焘、王岩叟、刘安士合为朔党，苏氏兄弟合为蜀党；荆公门下多江西人，又自成一党。诸党以地方色彩不同而学风各异：洛党后变成理学家；朔党不甚高明，无特殊成就；蜀党偏重纵横家言，文妙而不切实际。此三党对峙凡八年，世谓绍圣党争。

徽宗即位，任用蔡京，荆公派复兴，上述各党势力遂衰，然北宋国势已成强弩之末，外患更急，蔡京亦无实际办法挽此颓势，故至钦宗而国破矣。平心而论，北宋诸公各有其匡时之政治主张，吾人不能以是非断之，在当时情况之下，任何人均无办法，然如无党争则较为佳耳。故论功罪，诸公应分承之，不得独责某党某公。最有贡献者，莫如在野讲学诸公，渠辈支持社会文化，图日久之复兴，下迄南宋，朱陆犹继此风，北宋洛党，即向此路发展。

韩柳古文至皇甫湜、孙樵而后，绝响者凡百五十年，其间无可称述，唯三十六体及杂文支持文坛。北宋初年，石介最初出来反对“西昆体”，作《怪说》以斥之，至欧阳修出，由考试古文入手改革文体，于是三苏承韩柳之古文系统，二程则承韩之道统，唐宋八家之古文自此而成立，故欧阳修实古文复兴之功臣也。当时亦有别承晚唐语录体者，如邵尧夫即其人，理学家之语录体便由此而发展，而四六文之范围，从此退入极小角落中去矣。

唐诗发展至晚唐，已形成华丽、琐碎、烂熟之格调，宋诗力矫其失者，以东坡用力最大，荆公次之，诸公变华丽为朴淡，变琐碎为大方，变烂熟为生涩，于是诗风趋于唐诗相反之方向。词之发展亦然，变《花间》小令之格调，衍小令为慢词。民间之小说戏曲已逐渐发生，此承晚唐禅宗弹词而来者也。统而观之，有宋一代之文学概况，唐代之庙堂文学已告摧毁，文人与社会接近，而文化中心遂移至民间，由朝廷转向社会。此种趋势，其影响当时尚难看出，至元代统一，民间文化始终不曾动摇，明初士风，不失前辈做法，降及今日，社会文化面目古风犹存，此皆宋人所打下文化基础之作用也，不可不知。

二、古文之复兴

北宋初，另一派作古文者，不宗韩柳而承晚唐皮、陆散文作风，在仁宗以前可举者三人，柳开（仲涂）、孙何、丁谓是也，欧阳公早年古文即受柳之影响。庆历以后，有穆修（伯长）、尹洙（师鲁）、苏舜元、苏舜钦数人。舜钦（字子美）古文犹是五代散文风格，尹、穆则上溯韩柳，然影响并不甚深。欧阳公早年学古文于尹氏，又友二苏兄弟，故文气得熏染之功，后在家翻出旧本韩文，读而文风大变，乃更尽力搜求昌黎文集而专攻之，于是终能自成面目，轻疏风韵，是其特长，又非韩文典重板滞之可比也。同辈中作古文者有范仲淹、宋祁、宋郊、刘敞、司马光等。范为讲实用之理学家，凡理学家皆作古文，二宋与欧公同在史馆，于古文甚为讲究，为史学家之古文，此为古文之新开展。《新五代史》之史法史笔，超乎前古，诸公之功力在焉；温公并未提倡古文，然作《资治通鉴》为新创通史之体，以编年统率纪传，即代表温公个人之新文体。

自嘉祐二年一榜进士咸出于欧公门下，因受欧之影响而发展其古文系统，可称道者有：曾巩，其源出于《国语》而去其绵密冗长之弊，与欧公轻松爽朗之风格相反，故风韵不足，空灵遭塞。与曾相近者为王安石，古文一生学韩，诗学老杜，唯王之性憨直，学韩只得其典重板滞，学杜而得其拗体，与欧之尚风韵者大异，外加法家成分。三苏全学《国策》，老泉之文，来自《国策》与《贾子新书》。蜀中文士，自来多纵横气，自司马长卿、扬子云至于陈伯玉，莫不如此。三苏学《国策》而加西汉政论，益以司马子长之文气，老泉犹守子书绳墨，东坡才气纵横，过于乃父，不受羁勒，成为汪洋浩瀚之境界；子由亦近东坡风格。三苏之文，既不得史学家之博大气象，又不得理学家之深厚意致，成为纯文人之创作。总之，宋代诸古文家，其养气功夫远不及韩昌黎，而理学家养气似又过之，然古文又不及，故唐代古文，韩柳以下，分二路发展，一向史学，一向理学，此趋势之完成在于北宋，南宋以下，成绝响矣。

三、北宋诗

北宋初年，文尚西昆，其实西昆之名来自诗体，盖杨亿诸人尝有《西昆酬唱集》之作，包括作家十七人，作品二百五十首，钱惟演、齐筠、晏殊其著者也。今存二卷，其诗风格即晚唐五代考场之诗格。欧阳公典试，改革文体，诗亦在内，此时转风气之作家有二诗人焉，梅尧臣（圣俞，宛陵人）、苏舜钦（子美，梓州人）是也，欧阳公尝赞此二家，其早年之诗，即与二子相切磋。按二子最初作诗，仍自晚唐皮、陆之江湖格入手，唯功力极深，故自具独立之风格，特点为古淡，不用当时诗体，摒华词浮藻而弗用，开有宋一代之诗格。此二家不多作律诗，古诗以五古为多，此与唐人异趣。欧阳公诗文俱学昌黎，然气魄不足，其为人近于香山，故作诗无韩之笔力。韩诗之粗犷，固欧所不及也。盖棺定论，《六一集》中以七古最佳，五古次之，七律绝少，五律较胜，然其律诗仍自西昆派中来也，与苏梅相比，犹有不及。就个人成就言，词为冠，文次之，诗又次之。

荆公之诗学杜，然但学其古诗而已，无杜之温柔敦厚，转似昌黎面貌，律诗亦不甚佳。其诗文风格一致，无分轩轾，此可见宋初学古诗风气之盛，盖学律易堕入西昆窠臼，故人有意避之。

东坡诗在北宋，一如欧公之文，乃领袖群伦者也。约可分为三期：①出蜀以前其诗乃得力于中唐刘梦得；②出蜀后学老杜，中年所作五七言古诗，多与杜诗有关；③晚年（五十岁左右）因生活变化，有意学香山，故诗格近之，又尝和陶诗，别抄陶诗一部，然始终自成一格，盖前后风格一贯，即有才气，力量足以融会各家之长而变化出之。在佛学修养上，除香山外，无与伦比，故东坡得以佛理增饰其诗之意境，又受当时诗歌散文化影响，以散文为古诗，其成就非前此作家所及，故得蔚然为一代诗宗。诗中多分韵，亦承此元白之余风，以才气、取境、变化各方面论之，实可独步北宋。

苏氏门下，诗歌成就亦有可观，小言之，有四学士——黄庭坚、秦观、张耒、晁补之；大言之，加陈师道（后山）、李廌为六君子。北宋诗之正统全在苏门诸子，才气最大者当推山谷与少游。山谷未入苏门之前诗已成格，盖由家学造成者也，父黄庶，舅氏谢师厚，均学老杜，影响山谷极大，晚年乃独标一帜，即江西诗派之祖也。山谷诗有三点可说：①由杜入手而故意破杜之律，杜古诗原亦自有法度，山谷用北宋时风，以散文为诗，以成其拗体。②唐诗音调和谐，至山谷而使意重笔轻，此非唐人所能，陶冶功夫，亦唐人所不及也。③深于禅宗，故意境极深，而以洗练出之，又尚拗体，自成江西诗派之特殊风格。苏、黄相较，东坡以气胜而山谷以意胜，对后世均有极大影响。

吾人看宋诗当以两种眼光：①看其一般风气，如以散文为古诗，以古诗为律诗，使唐诗音节之美荡然无存，所成就者在造境方面。盖自中晚唐以来，诗境已趋陈腐，宋人追求新意境之道路，乃上接中唐孟郊、贾岛者也。北宋初期苏梅倡之于前，欧苏继之于后，皆致力炼意之功，乃成宋诗之面目。②看其学术背景，读唐诗除大家外，不必求其诗之学术背景，宋诗则各有其学术背景在，非深解此不足以知其诗，如东坡中年之诗，即以道家思想为其学术背景也。

北宋末，吕居仁作《江西诗社宗派图》，列山谷为首，江西派乃大行于世，在南宋放翁未出之前，诗坛风靡一时，影响反在欧苏之上。山谷诗有三个特色：①宋人努力打破唐律而自辟新境，其中以山谷成就最大，拗体尤为工力所在。然山谷之拗体诗亦自有规律，实即创造新形式，不以字面拘束意境，故其诗均由千锤百炼出之。②洗练功夫为北宋诸家之冠，盖洗练后而使意重，将两相反之势合而为一，所以难能可贵，诗境之高峻原因在此，其失在平广。③山谷以禅宗为学术背景，禅宗以持本性为高，而山谷之诗以洗练出之，境界极高，然就诗论诗，其弊为意境不在规矩之中，形成不衫不履作风，往往令人费解。

少游早年学术背景与东坡相同，故其文在晚年犹纵横峻拔之致，诗则功力不足，不若其词成就之大。张耒才分不及少游，晁补之性厚重，以功力完成其写作。陈后山在江西诗派中地位仅次于山谷，其才性亦足相匹敌。唯山谷失之高峻难攀，后山诗则不失温润，山谷为向外发，后山则向内敛。李廌与张、晁相当，无特出成就。

北宋末出陈与义（简斋），一反江西派之清苦，再向平易道路发展，然由高峻转向平易，亦不复落晚唐之窠臼矣。平易而易于丰腴，放翁辈盖由此出焉。

四、词体演变及北宋词人

（一）词体演变

唐词来源，或自大曲，或自杂曲子，或自民间小调，故欲明唐代词之源流，对唐之音乐背景不可不知也。宋代音乐发展之势已衰，其原因在疆土逼仄，对外交通线断绝，成闭关形势，域外文化无从输入，故在音乐方面仅靠旧乐之残调鳞爪维持场面而已。唐燕乐二十八调，宋初存十八调，后又减为十三调，而词调则较唐加多六七倍，与大曲亡佚之情况适相反，故宋词不能说与旧日音乐关系十分密切。宋词据研究大多为大曲之摘遍，故欲明宋词之发展演变，则不可不知宋大曲也。兹分二端说明于下：

（1）大曲演奏自始及终者谓之“排遍”，计凡六遍，即引子、歌头、散序、中序、催衮（近拍）、煞衮是也。宋大曲引子相当于唐之散序，演奏至歌头始歌，散序非唐之旧；催衮即快完成时节奏加快之谓也；煞衮即尾声。由排遍中摘取一支，以词填入而单独歌唱，词调由是增多，如常见之《清江引》《水调歌头》等；散序在词调中即称为序，如《莺啼序》《霓裳中序第一》等，故许多词调自其定名观之，即可知其来源；凡填词入近拍者曰近，如《好事近》《红林檎近》等。北宋晚年，大曲更少，人家宴会，多自曲中摘取支节填词而歌，故词调叠有增加也。又词调在乐工手中，有急曲、慢曲二种，如《木兰花慢》《浪淘沙慢》等，其本身即为慢曲，至于北宋以后，有令、引、近、慢各种名称，成为词体篇幅大小之定名。此说法似与实际情况不合，盖词之发展为多元者也。

（2）叠词之形成，当亦由渐进而来，如《阳关曲》之二叠（叠第二句），即使同一曲调而有往复歌唱，乐工即在此叠中变换花样，如《忆江南》原为单支，至北宋乃变为双叠，乐工在换头变换花样，遂使词调加长，更演为三叠，由是词调因篇之增加而名目亦换，调名遂有增添，或添声减字以成变调，添声又谓之“摊破”，如《摊破浣溪沙》是也；减字如《减字木兰花》是也，均足以加多词调。又有犯调者，即将不同之词拼凑为一，如将半调《西江月》及半调《小重山》（在同一宫调内）拼成《江月晃重山》之新调；有将四调精华合并者如《六丑》；更有摘合八调者，如《八犯玉交枝》；此皆以旧调变换新调者也。有将一宫调换入他宫调内，其音变而取新名，如《鼓笛慢》翻入“越调”改名《水龙吟》，《永遇乐》原为《歇指调》，入“越调”改名《消息》。又有明写出“摘遍”者，如《泛清波摘遍》《薄媚摘遍》等，其来自大曲可知矣。南宋人解音律，而有自度腔之出现，凡此皆是词调多出的原因。又词之名作加多，人每喜以其中名句换去原有调名，如《念奴娇》之更名《酹江月》，盖取自东坡《赤壁怀古》之句也，此为词调加多之又一原因。

慢词原在民间流行，北宋名公每不及此，迨张（先）柳（永）之出，吸取民间歌调，开风气之先，慢词始流行于上层社会。故词体之演变，就体制言，北宋末已臻其极，就风格言，又当在南宋末矣。

（二）北宋词人

两宋词之多，超过任何时代，上自达官贵人，下至凡夫歌伎，莫不精擅此艺，在社会上流行极为普遍，为交际之必需品，因而人皆习之，而专家亦因之产生，今所存不过十分之五，应酬之作仍居多数，得论及者，仅数大家而已。

张先，字子野，乌程人。柳三变（改名），原名永，字耆卿，崇安人。张先为江湖散人风格，卒年八十九，为北宋词人年寿最高者。作品无庙堂气，家蓄歌姬，填词使唱以自娱，故不必如晏欧为身份所拘，而放胆为民间慢词之写作也。其生活风格似姜白石，词格平正。柳三变身世极似温飞卿，终其身放浪教坊，肆意为民间歌词，故天下有井水饮处皆能歌柳词。自有苏、秦、周诸大家出现，柳作未免减色，盖其慢词皆千篇一律而少变化故也，然不失为开山祖师。美成固由此出，南宋诸家亦莫不宗之。按宋代崇安凡三处，鲁、闽、赣三省俱有之，故耆卿籍贯颇有聚讼，吾认为此赣省之崇安是也。

读东坡词当从长调入手。东坡以作七古方法入词，为破坏乐律词之第一人，使词之作风扩大，不必入乐而畅写个人怀抱也，亦是宋诗之风格。东坡才大，故有若干意境存乎胸中，以此大意境缩写成为小词，故不能取法于《花间集》，殆近于宋人作绝句之风格。自此公之出也，花间、南唐两派之影响俱绝。

少游之词，通而观之，早年之作风格并不高，一如当时流行之应酬格调，不脱耆卿面目。自二十七岁与东坡为友，乃以纵横峻拔之气入词，遂自成一家风格，虽东坡亦莫能及，其成就，东坡之督促亦有功焉。北宋词有耆卿与少游之后，乃有周清真之集大成。至于山谷，词如其诗，多拗体与禅宗意味，失其温柔之气，故不能成家，可为东坡词之别派。后山，词名为诗名所掩。

贺铸，字方回，其气概笔力为北宋之堪匹敌少游者，二人均以清刚为主，而方回之情深尤过于少游，颇近于东坡，故山谷词云："解道江南肠断句，无人知有贺方回。"其为前辈推重如此。

经上述数变，词体发展形成二路：一为正统派，自柳永、少游、方回而下，完成于周美成；一为别派，自东坡而下，南宋稼轩即遥承此衣钵者也。在整个文学史发展中，二派实并行不悖。

美成可谓词圣，有词家之长而无其短，章法之多，古今无匹，意态端庄，亦不失温柔敦厚之致。其运用过去文学之成就以入词（如唐诗杜句），人所罕及，各方面均臻极盛。南宋梦窗、碧山、玉田诸家咸以为师，然终不及美成之兼备众长也。

介乎南北宋之间者有李清照（易安），整个学六一词而不至，小令犹有可观，长调实难以抗衡诸大家也。

五、北宋之戏曲及小说

在此时期内，戏曲及小说尚未独立成体，而正在酝酿之中，有两点可以提及：一为唐代所有流行于社会间之曲词北宋时已入朝廷为雅乐；一为当时民间杂技之类尚无人进行整理，迨元曲成熟时乃见于系统之记载。

关于宋代戏曲制度，见于孟元老《东京梦华录》及《宋史·乐志》。孟书中有一段记北宋汴梁掌故，每新岁天子会宴群臣，有举盏之礼，举盏时奏乐，可至数十盏而乐曲亦各自有不同，此为宋之大曲，外加杂要表演。乐队分小儿队及女弟子队，小儿队领队者曰参军，每出场必与小儿问答，谓之“致语”，为短篇四六文体，均出当时名公手笔，此略具戏剧雏形，其内容即包括唐代诸玩意儿，如其中之柘枝队、剑器队、醉胡腾队等。女弟子队有菩萨蛮队等，二者凡数十种，均唐代遗风。唐代乐曲原在朝廷，后丁天宝之乱，乃散诸民间，其后藩镇强大，各养乐工以自娱，胡乐在国内遂日益普遍。至北宋归纳而成宋大曲，然卒不出唐乐之范围，即软舞、健舞是也。

宋代乐曲与后代戏曲有关者凡二项，即杂剧与杂技是也，而材料今存者已不多。杂剧为表演之艺术，为两段制，以二三人出场，分动作与歌曲两种，当时最爱演者为《樊哙排君难》，元曲例以四折为一杂剧，盖扩充宋杂剧二段而成者也。

杂技为吞刀吐火之类，元人亦承受之，至今犹有存者。

北宋人本身关于戏曲之记载甚少，今但取南宋人回忆录而参考之，然已加入南宋时代之成分，二者颇难划分。周密（草窗）《武林旧事》记北宋官本杂剧段数存者凡二百八十种，此为在朝廷之戏本也，王静庵考证，以为自真宗时起，其中大曲占一百〇三本，法曲四本，诸宫调二本，与词调相同者三十五本，与金元曲调相同者九本，此虽不全是北宋之真面目，然可看出北宋杂剧之骨干与成分。大曲占一百零三本，可见其与杂剧关系之深。杂剧名目，上二字为故事，下二字为曲调名，如《崔护六么》是也。在二百八十种之中，能就名目而知其故事者甚少，盖有若干在当时流行之故事非后世所能知，其根源来自大曲，盖由调名统计而得也。

诸宫调起自北宋熙宁、元丰之间，泽州人孔三传说唱诸宫调极有名，形式为唱一段，说一段，内容极为驳杂，此唐代俗讲之变形，其采用诸宫调之形成者，盖出于宋词之“犯”，喜用杂牌之谓也。至南宋周草窗时犹存二本（《霸王》与《卦册儿》），就二本内容形式研究，知其发展影响戏剧者少，别演成弹词之体裁。

词调有《崔护逍遥乐》《普天乐》《打三教》，均以一词调演成一剧也。

与官本相对者别有所谓院本，宋人称妓院为行院，即唐之教坊，其曲调未收入官本，但流行妓院而已。陶宗仪

《辍耕录》有金元院本名目，凡六百七十种，后人以为院本起于金元，实误。就其材料观之，亦有起于北宋者，其中有十六本大曲、七本法曲、二十余种诸宫调。

官本、院本之不同在：官本范围小而院本则较宽，院本可包杂剧，而杂剧不能包院本，官本原与民乐分途发展，然既混合则民乐较官本为丰富。据《辍耕录》所记，院本有若干类，有一类与杂剧同：①《上坟伊州》《酒楼伊州》，此伊州即是大曲，此与官本无异者也。②《打略拴搐》或称《拴搐艳段》，以同类材料考订之，知为以武技为主，略带故事性而不重唱，此异于杂剧者也。③《讲来年好》《讲道德经》其源出于讲史，以说为主，夹入滑稽语，引人发笑。④《订注论语》《擂鼓孝经》亦属于说话一类。院本内容属于第一类者有三分之一，属于后三类者三分之二，可知其驳杂之概况。

朝廷大曲之收杂剧，已肇自北宋初年，而院本之收杂耍混成之杂剧，则至金元始有成绩。

宋杂技之材料，今犹未能整理完善，远而推之，则西汉之百戏亦是杂技来源，正式记载，仍当求之于《东京梦华录》。其中有记瓦子之文，北宋汴梁有临时之搭棚谓之“瓦子”，其性质不单为耍把戏，亦为平民住舍，或为商人系骡马处，多靠城墙一带。今书中所称瓦子乃指桑家瓦子，当其地地主为桑氏故也。书中记其间杂耍凡十五种，即小唱、嘌唱、杂剧、杖头傀儡、悬丝傀儡、药发傀儡、讲史、诸宫调、商谜、合生、说浑、神鬼、说三分、五代史、叫果子是也，然不能包括北宋杂剧。此十五种各有精工之艺人表演，就此分析可知当时民间乐曲之成分。

小唱乃以卖唱为职业者也，李师师即此业之名角。嘌唱为官本角色，偶来瓦子叫唱者也，杂剧与官本相同。傀儡戏来自印度，唐时已传入，初与僧侣不分，民间无此艺人，故知唐傀儡乃演佛家故事，多演《目连救母》故事，至宋演变而成三种：枝头一名杖头，人在幕下以杖舞傀儡是也；悬丝乃人在上以丝指挥傀儡舞蹈是也；药发者已失传。三者均与杂剧有关。讲史即说书是也，自唐俗讲演化而来，多讲正史大故事。小说讲民间小故事。诸宫调如后世弹词。商谜即猜谜，借此逗引观乐笑乐。为后代相声之一种。合生，说浑话即说笑话。神鬼不详。说三分即说三国故事。五代史主要说刘知远、李三娘故事。叫果子为学叫卖之声以发人一笑。故北宋杂技以桑家瓦子为中心，其内容之杂，名实相称，《东京梦华录》叙之颇详。

又有打三教者，即过年时，乞丐三人扮儒、释、道互相争论扭打，以乞金钱者也。后入院本，今犹有存者。

讶鼓为农民秋收谢神之歌舞，演时极为招摇，仁宗敕令禁止。

唱赚（腔）为张五牛所创造，一名赚词，乃唱时自然转调，与诸宫调同类，民间带说带唱弹词性之作品由是产生，赵令畤《商调·蝶恋花》之说《会真记》，其著名者也。

统计以上诸类，乃知金元院本内容，实包括民间一切杂技者也。元曲成立，乃大量吸收杂技之故事，唱词与舞蹈，故今日旧戏犹有古代杂技之若干成分在。此混合雏形，肇于北宋之末，当时杂技未收入戏剧者唯杂耍一类而已。

北宋小说，亦分二类，一为唐传奇之余波，一为说书兴起后而逐渐形成之章回小说文体。六朝以来，小说多重神怪之谈，此风至宋已息。太宗太平兴国二年至三年八月，命李昉等纂《太平广记》五百一十卷（五百正文，十卷目录），此书历代重刻时每次但有增加，故愈后者愈坏。原本收古代小说极多，为中国古代小说总集。

北宋神怪小说著作有徐铉《稽神录》六卷、吴淑《江淮异人录》三卷，总计北宋神怪小说作者不到十人，可见此类作品无人感兴趣矣。传奇之风，亦奄奄一息，已失小说原意，而变成掌故之书，如《梁公九谏》（狄仁杰故事）之类，多记真人真事，已失传奇意义。又乐史有《绿珠传》《杨太真外传》，均有具体史实为根据，篇幅长于传奇，近于笔记体。秦醇有《赵飞燕外传》《骊山记》《温泉记》《谭意歌传》，多讲前代故事，与当时人记当代故事者不同。又无名氏有《大业拾遗记》《开河记》《迷楼记》《海山记》，均记隋炀帝故事，《梅妃传》记唐明皇故事，北宋传奇文，如是而已，敦煌本出现后又多出四种，即《唐太宗入冥记》《孝子董永传》《秋胡小说》《伍员入吴故事》，已非传奇性质，而有说书体之形式。此外尚有《大宋宣和遗事》《大唐三藏取经诗话》（《大唐三藏法师取经记》），此二种可确定为北宋小说，为介乎传奇与话本之间之作品。章回小说一体，至南宋始成定形。

南宋所记关于短篇小说进为章回小说过渡之史事者，计有孟元老《东京梦华录》、吴白牧《梦粱录》、灌园耐得翁《都城纪胜》、周密《武林旧事》四书。《梦粱录》记当时小说共分四类：①小说，当时谓之银字儿，其中包括有传奇文、志怪、杂耍等。②说经，有说参讲，说浑经。③说史书。④合生。《都城纪胜》分类亦如之。

第六讲　宋代朝野之文学（下）

一、南宋之古文

欧、曾、三苏之古文，已达宋代极峰，故南宋罕有匹敌，且纯粹之古文家，亦不复多见，南宋之古文家，多有所为而作，从此明清，古文家鲜有能超乎唐宋八家者矣。南宋之以古文名家可分三派言之：①理学家之古文，如朱晦庵文多排偶，就内容说为古文，就形式说为骈文，以受孟子及昌黎之影响为多。②永嘉学派之古文，以历史作出发点，思有以成其事功，巨子有陈傅良（君举）、叶适（水心）。前者之文近于《通鉴》，注重典制，后者异之，二人均重实用，多作策论之文，然较三苏古文，往往不及，时称"永嘉八面锋"，言其记事理之周密也，多近于科场文字，故明清古文复兴，遂为人所遗弃。由此更进，则为吕祖谦（伯恭）之《东莱博议》，文章有定型，好处在能深刻，坏处在千篇一律。此风格之完成实有其社会背景在，盖起于王荆公时之书仪、矜式，为考生所必读，东莱之文章有自来矣。二者向前发展，其归宿为《博议》之文变成明太祖之八股制义，永嘉八面锋则变为明清策论之典范。③永康派之古文，陈亮（同甫）为之伯，同甫乃慷慨言事之士，与辛稼轩友善，文风近于三苏。

二、南宋诗人

北宋晚年，诗坛由江西派主盟。《江西诗社宗派图》中十七人中有韩驹者，其弟子曾几（茶山居士，赣州人）有名于南宋初年。山谷之破律拗体，至末流已不可作，至茶山而改其作风为平易，取境于中唐、盛唐，北宋之反动原为晚唐而发，今既取法中盛，又经过北宋人之洗刷，遂别开新面目焉。茶山弟子即陆游（放翁），为南宋大家，以作诗为自己生命，功力非别家所及。其修养原出儒家，晚年学道，故其学问基础超过东坡，又肯多作，故笔调极熟练，晚年以工部为模范，杜诗佳处为其所熔化，故所作全非北宋面目。元明两代诗，多走中唐盛唐之路，此风自放翁开之。其诗近体多于古体，故下笔多成套子，章法变化较少，唯多警句而已。诗格熟而不烂，此超乎晚唐者也。

杨万里（诚斋）为南宋四大家之一，其原出于元白，走平易之路，又受宋代白话流行之影响，故诗中多用白话，此为山谷之外另走极端者也。所作数量亦多，既用白话，则易于传达民众感情，成为平民诗人，外加山林气味，自成淡朴风格。唯学问基础较浅，其味遂薄。

范成大（石湖）以江湖气味言，与杨同属一格，但风格较高。读杨诗觉其近于元白而有不及之感，范诗则近于东坡，以风韵胜，数量虽低杨一半，而流传之广，则远过之。

尤袤（延之）当时极负盛名，唯存诗不及十一，故风格实难窥见。此四子为南宋诗四大家，对元明影响大者推范陆两家。

此外有所谓永嘉四灵，皆叶水心之门下，四灵即徐照（灵辉）、徐玑（灵渊）、翁卷（灵舒）、赵师秀（灵秀），四人者以为南宋诗之末流，对北宋诗之洗练功夫俱已荡然，又趋于烂套，欲图挽救，乃取中唐贾岛、姚合而学之，惜天资较低，成就殊少耳。

最后论南宋之遗民诗人四家：文天祥、谢翱、郑思肖、汪元量是也。文用工杜诗最深，故所作句句有内容，有感人之力量，以个人身世及南宋之时局而成其诗之独特面目。谢诗不多，然极沉痛，有故国之思。文之友也，文殉国后，尝设祭子陵濑以招魂焉。郑诗亦抱亡国之痛，宋亡为道士，将死，以平生著作置铁匣中，沉苏州某寺井中，明末始被发现。汪原本宫中乐工，宋亡，随君被掳北去，以沿途所见及身世遭遇为题材，赋成若干绝句，取宫词风格，然内容皆信史，可当作南宋亡国史读。其集号《水云集》，所作面目，亦非两宋诗人所有。

三、南宋词人

风格虽变，然皆以北宋为基础，就大家言，约可分成三派。

（一）辛弃疾（稼轩）派——通常以苏辛并称，其实二家之词风与人格大有异趣。东坡书生而已，稼轩则为弓刀游侠，其晚年目睹国事日非，自觉无能为力，乃将毕生精力泻于词，不似东坡之以词为余事也。故以填词之功夫与修养论，苏不及辛之深厚，以身世言，苏亦无辛之沉痛，故稼轩之词似粗而实细，其细磨功夫，直可比肩美成。此派名家有张孝祥之《于湖词》，自具面貌，在南宋词中一如范石湖在诗中之地位，此乃无意学稼轩者。有意学辛者有刘过（改之）、刘克庄（后村），后者天资较高，然俱不及稼轩，改之深得其粗豪，后村则近于湖焉。

（二）姜夔（白石，尧章）派——姜词近于东坡而无其豪放，近于张子野而去其教坊气。后世对之毁誉参半，毁之者以为天资不高，誉之者以为空灵绝世。其实，白石天资诚然不高，然善解音律，能自度腔，又终老江湖而风格潇洒出尘。盖北宋以来，词人多走显路，而白石故意求其隐涩，遂为人所诟病。王静庵以“隔”评其风格，其故在此。词中通常姜、史（达祖，号梅溪）并称，但梅溪对姜之晦涩作风能洗而去之，此所以能卓然自立也。

（三）吴文英（梦窗）派——梦窗之词，一步一趋学周美成，美成词好处在其温润、典丽、闲适与风韵，梦窗则专取其典丽而忘其绵密，写来不时露骨，遂成其为徒具外表而乏内容之病，人以“七宝楼台”评之，信然。

南宋末，词人走周、吴之路而不为吴所限者有王沂孙（碧山）、周密（草窗）、张炎（玉田）三家。碧山词颇有风韵，故极疏淡；草窗亦自成家；玉田用心之周密为南宋第一人，美成以后，允推独步。明清词家之发展，咸不出诸家之范围。

四、南宋之戏曲与小说

此处所论乃在艺人之组织方面。北宋戏曲艺人之组织极散漫，南宋临安戏曲艺人有书会之组织，人写剧本送此审定演出，吸引观众多者报酬亦多，此种组织非北宋所有。作家谓之名公才人，较北宋戏目有编制，此书会之贡献也。中国戏班之雏形，自此成立。

小说艺人组织在北宋亦极散漫，发展至南宋而有集团之组织发生，即雄辩社是也。以说书为职业者曰说话人，所据之本子曰话本，北宋小说犹是传奇体裁，至南宋而有章回体之成立，此就形式而言者也。今存《京本通俗小说》七种，原不为人所注意，近四十年来，小说为人所重，乃开始古代小说材料之搜求。上述七种通俗小说乃发现于杭州，由此本可推测当时说书之情况，其形式近于后世《三言》《二拍》之故事，故事虽短，犹可分数回说之。盖社会之需要如此，说书人每晚为人讲说故事，在短时间内供人消遣，遂成此种形式。至元代社会情形有变，而长篇小说出矣。自此下传，又分途发展为弹词与长篇章回小说，至今犹两者并存于民间。

五、宋代的文艺论

诗话体起于宋代，其体裁亦各自不同，内容极为复杂，以欧阳修《六一诗话》最早，余可称者三种而已。

（一）严羽《沧浪诗话》（二卷）：内容并不丛杂，有主张，有体式，有议论。严氏为佛教徒，以佛教观点评诗，谓盛唐诗如佛教之大乘，中晚唐诗为小乘，又谓诗之极境为“入神”。此书相当于诗之概论，自唐以来，以近代诗为根本说诗者，《沧浪诗话》实推大宗。

（二）《白石诗说》：精句为“意中有境，境中有意”，此为其个人终身主张，影响明清不多。

（三）《朱子语类》：朱子说诗，自六经始，故议论极大，在文人社会中解之者并不多，故世以《沧浪诗话》流传最广。

五八年寒假抽暇整理

三月五日夜一时三刻完毕

后 记

曾遇见一位受先生培养后来有了点名气的学者，他坦率向我提到，认为罗庸先生以名教授身份竟无一本学术专著出版，未免使人深感遗憾。但是我想，世界上的超级教授，莫如孔子与释迦，可他们生前一个说“予欲无言”，一个说“几十年我没有说过什么”，何尝亲自著书立说，无非通过他们的众弟子，以“子曰”或是“如是我闻”的写作形式，把两位圣者一生可为世训的珍贵言行，先后持久地如实记录下来，最后汇编成为儒释经典著作，弘扬开去，供万世景仰学习。因此，我不揣冒昧，窃愿效颦，敢将半世纪前先生课堂授业两年的“中国文学史分期研究”的听课笔记，浓缩成十万余言的记录，几经整理，珍重献出，虽系片鳞半爪，仍可窥见神龙灵迹于万一，有益治学指南，希望争取出版，公之于世。至于先生治文学史上贯下连，左顾右盼，活写史事，引人入胜的独特见解与贯通笔法，事前毋庸辞费，且留待有志此学的读者自去领会印证吧。

“中国文学史分期研究”是西南联大中文系为高年级开设的一门提高课程，指导学生学完中国文学史概要后进一步学习如何进行研究，老师的讲课等于试作示范。全课程分为四段，每段讲一个学年，请三位教授主讲。第一段讲先秦两汉文学，是闻一多先生；第二、三两段讲魏晋南北朝文学和唐宋文学，是罗庸（膺中）先生；第四段讲元明清文学，是浦江清先生。闻先生讲的第一段已收入出版的《闻一多论古典文学》中第一、二部分，罗先生讲的两段就完全保存在这里了。浦先生讲第四段时，可惜我已毕业离开母校，无缘承教，至今引为遗憾。闻罗两师讲课的语言风格和论述方式各不相同，但都具有独到的显著特色，而授课的旨趣却是一致的。即不限于一般文学史知识的传授，而重在开拓学生的读书视野和深远思路，教他们在饱饫熏习前贤丰厚文学遗产的基础上，能逐步深入古代历史环境，厘清作家创作的上下关联和时代网络，透视他们成就高下得失的关键所在，辨明个性与共性的紧密关系，从而产生实感与谅解，缩短古今历史距离，得与百代精英的心灵长河通流，在自己研究中作出客观评价，由此走向继承发展，探索前进的道路。根据个人学习终身受益的体会，感到全部讲稿内容，对启迪文学史研究方法，提高品鉴古代作家作品的识见，都有入门的指导作用，相信它的受惠者当不止于及门弟子，亦可普及沾溉更多后学，为了弘扬师法，故推荐问世，献诸来哲。

此稿本原用通行纸笔录，年久字迹不清，经西南民族学院徐希平教授和他的学生用有格子的稿笺重新抄写，颇费精力时间，才得易旧换新，清晰可读，应该说是我们前后师生四代人通力合作取得的成果，值得纪念。

郑临川

校订附识

20世纪80年代，临川师将珍藏多年的闻一多先生授课笔记整理出版，引起学界广泛关注，产生了重大而深远的影响。

罗膺中先生的这份授课记录稿，同样为临川师所珍视并精心保存半个多世纪。其巨大的学术价值和意义，临川师在序言中已有详明的论述。为使更多的后学得以拓宽视野，深入了解前贤的治学思路与方法，并进一步提高研究生教学质量，今蒙临川师不弃，欣然应允试印少许，以供我院研究生参考之需。此亦正见师门所谓“薪传”之意旨及弘扬中华优秀文化之殷殷寄望，令人感奋。

原稿由整理到付印颇费时日，其间，汉唐文学研究生钟继彬君誊录大部分稿件，方磊、万静、翟翠霞、李鑫等亦曾参与校对工作，特此说明。

当年罗膺中先生为西南联大所作校歌广为传唱，歌中“尽笳吹弦诵在山城，情弥切”一句，高度概述了抗战烽火中联大师生在西南边城昆明的生活与情怀：为祖国未来育英才，为中华崛起而读书。慷慨壮美，催人奋发。本书的出版，可以激励后学，亦可以纪念身后寂寞的罗膺中先生，纪念中国现代教育史上那段难忘的岁月。

徐希平

2002 年 4 月